U0012780

男子漢

楊隸亞

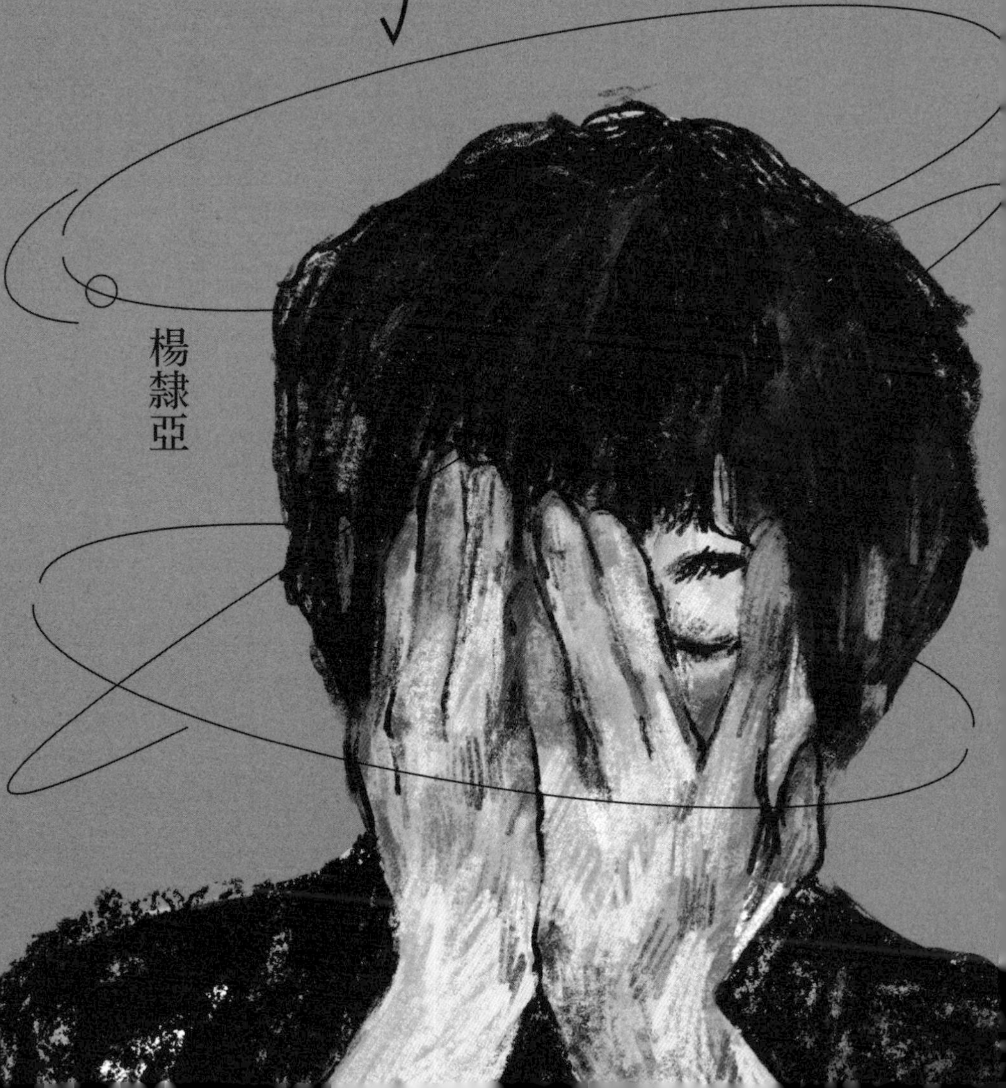

目次

推薦序：身體若是畫布

◎陳雪

這就是小說的魔法。

性別書寫在臺灣的當代小說收穫豐碩，同志文學與女性書寫都已經有展現了非常成熟、多元、前衛的作品，但以性別角度思考男性議題的作品相對較少，我認為性別書寫如果要更完整，還缺少一塊拼圖，就是男性書寫，而楊隸亞的《男子漢》的出現，正可以補上這一塊。

楊隸亞擁有極佳的再現能力，她擅長捕捉各種行業的工作氛圍、職業特質，她可以模仿各種年齡、背景的人物說話的語氣，通過空間街景的勾勒能夠很快地將讀者帶到她所要描繪的特定場景，讓讀者彷彿可以看見那些人物就在眼前對話。她寫的網咖會讓人彷彿聞到菸味，聽見打電動的聲響。

她不寫典型的英雄或強者，她更著意的是貧窮、挫折與失敗，但她舉重若輕的文字，使得這些看來沉重的題材，顯出一種奇特的輕盈，許多苦到極致時自嘲的幽默又會令人會心一笑，她的小說讀起來是笑中帶淚的。她筆下的男子，有業績不好的房屋仲介、蝸居在家經年不出門的繭居者、住在地下室的零件組裝員、失業的父親、飄洋過海的移工，這些男子大多年紀仍輕，生命卻已無比衰老疲憊，他們在浸潤著體臭與汗酸的被褥裡無望地幻想著暗戀的女人或男人，在烈日炙烤下揮汗，在街道上奔走，日復一日重複的勞動，看不見前途，找不到希望，這些男子在城市裡拚命尋找一方屬於自己可以站立的空間，唯恐自己即使消失也不會有人感到惋惜。

這樣的人生，無所謂青春或衰老，生命已經被打磨得不成形狀，這些人幾乎都是快要或已經掉出社會安全網的人，楊隸亞生動描繪出一個灰階的，不斷延伸向四面八方的網，那是現實生活的牢籠，這些男子或者家道中落，或者是被勞碌的工作耗損，或冀望著不可能的愛情，或者因性別特質飽受欺凌，或者受困於不屬於自己認定的性別身體，或荒謬地被命運擺弄著。黃仁宇在《關係千萬重》裡提到的人類最基本的慾求，諸如性、生死和物質生活，正是本書中的人物困境之所在。

楊隸亞書寫男性議題，不是去寫想像中典型的男子漢，而是通過看起來缺乏主流男性特質的角色，認真探問何謂男子漢？是什麼構成了男性特質？生理男性或者心理男性，陽剛與陰柔，各種可能的組合與跨越，這些可以被鬆動嗎？有可能被拆解重組嗎？既不陽剛又不成功的男人該如何存在？她在社會各個階層仔細地尋覓，從各個構成男性的特徵中逐一辯證，走得最遠的時候，甚至跨越了性別，女跨男，男跨女，動過手術或只是扮裝，書中幾篇精采的作品，都與跨性別有關。

我認為這本書要做的不是大規模的取樣，而是有意識地挑選，使得讀完這十幾篇小說之後讀者所感知到的不是一個模糊的群體像，而是，通過一個一個鮮明的個體，由這些個體組合成一個見微知著的世界。每一個人都是獨一無二的，而且這樣的獨特不分貧富貴賤，當我們深入挖掘，探索，理解一個人，會發現無論他多宅多廢，多麼不符合主流價值，甚至無論他多麼自棄，生命仍在尋找著出路，在絕望中艱難地求生。

這本書除了細膩地呈現各行各業，各種年齡段的男人，呈現了他們的過去與現在，所經歷的喜怒哀樂，作者彷彿也帶著我們遊走了一次臺北，當然，不是光彩亮麗的那一面，而是諸多我們未曾踏及，或者沒有認真留意，或者其實也是我們喜歡過、熟悉過的地景地貌。比如西門町，楊隸亞書寫的不是熱鬧的徒步區，而是有著紅包場的街區；比如她書中多次提及的社子島。

作為第一本短篇小說集，無論是題材或技巧都令人無比驚豔。楊隸亞不但充分展現了她的寫實功力，更有從寫實中翻越出來的力量，比如〈詩人的紀錄片〉以及〈結婚秀〉這兩篇，在寫實之外，虛構與想像彼此間互相滲透，形成小說獨特的真實。

小說是什麼？我總認為小說是創造一個屬於作者的世界，並且邀請讀者一同進入，這些被作者透過想像虛構出來的人，需要吹一口氣方能活過來，不是每一個小說家都有能力吹出這樣一口生命之氣，但楊隸亞就擁有這樣獨特的能力。

這是天賦加上遭遇以及無數的努力達到的。楊隸亞透過自己年輕時豐富的打工經驗累積對各種行業人物的觀察，她年少時家庭遭遇經濟巨變，更加深了她對命運與人性的洞察，以及溫柔的同理，而她自身對性別議題的敏銳，更使得她能找到獨特的角度切入，形成自己特有的觀點。

書寫議題，並且不被議題綁架，本書最美的地方，是那些真正進入角色內在而延伸出的想像，她的小說往往就是讓人物活起來，讓故事自己發聲，讓讀者自行體會。她不去論述大道理，而是翔實寫盡人生，人生實難，艱難的人過著艱難的生活，眼前望去彷彿一片灰茫茫、霧濛濛的，可是不知怎地，這些人在霧中行走，卻沒有完全放棄，還有一條隱隱約約的路，在等著他們走出去，說是躺平嗎？我覺得那應該叫做等待，保留最後一點力氣，安靜地等待，在囚禁自己的牢籠裡，想望著遠處的某個美好的人事物，依憑那份對美好的眷戀，繼續活下去，總有一天自己可以打破那個牢籠走出去。

最後我想引一段本書〈結婚秀〉這個短篇中我非常喜愛的一段文字：「頭髮，肩膀，口袋側邊，靴子縫隙，都有煙花亮片來過的痕跡，它們必哭泣得很傷心，為這一個沒有固定形狀且正在改變的身體。身體若是畫布，可以刺青，有雲山，有小鳥，有樹林駐留，那會是風景明信片，上山下海，一場長途遠征的旅行。我不打算刺青，手術刀已帝國遠征，大江大海的來去，原始歌聲開始降低音階，從千年之戀到忠孝東路走九遍。我開口自己都想笑出聲音，那麼低沉，喂，喂，喂，你究竟是誰。」

祝福隸亞，以及她的第一本小說集。

（陳雪，小說家。著有《親愛的共犯》、《無父之城》、《摩天大樓》、《迷宮中的戀人》、《附魔者》、《無人知曉的我》、《愛情酒店》、《惡女書》等；散文集：《不是所有親密關係都叫做愛情》、《同婚十年：我們靜靜的生活》、《像我這樣的一個拉子》、《我們都是千瘡百孔的戀人》、《戀愛課》、《人妻日記》等。）

結婚秀

走出劇場的時候，陽子終於忍不住開口提問「那件事」。

「來！新郎新娘看這邊。」那是我在劇場婚禮聽到的司儀聲音，垂落在奶白色絲綢的婚宴桌巾底下我的雙手，無人知曉地發冷發抖。可是，身體內裡卻有寒冬裡的篝火正在熱烈燃燒。

手術後麻藥消退的半個月，平坦胸部上的疤痕仍突起，貼著美容膠的線條起伏，像極黑的夜裡曾來過的煙火痕跡。上身減少的重量似乎都被移轉，若有人為我的靈魂秤兩，它們肯定比過往更加沉重。注射荷爾蒙後，似乎有些難以形容的什麼微小細節在變化，從我常去的麵店說起吧，那位被雞油跟黑白切環繞而忙碌不已的老闆總是不抬頭問話：

「後面是小雞還是小鴨？」

「我一個小雞，我兩個小鴨。」排隊的人大概如此回應。

長久以來，我的下面沒有小雞也沒有小鴨，空蕩蕩的。哪怕吃了再多雞腿，也沒有長出半根雞毛，還是雞毛撢子。穿著西裝褲的時候，拉鍊處的布料總是軟弱塌陷。但我現在隱約感到兩個大腿中間似乎會有東西出現，只要再等待一些時間，真的，就快要出現了。

「很痛吧？為什麼要花好幾萬元做這些事呢？」陽子露出一個困惑的表情。

我只記得睡著以前，自己一直盯著妳渾圓柔軟的乳，那個我也曾擁有過的東西。夢裡見到一對很美的乳房，像走進鐘乳石洞裡抬頭望去的自然風光，一座一座如滿天的寶石墜落，卻刺破了我的皮膚，讓我的身體滲出血。

冬天，在陽子的公寓。一扇窗，兩個顫抖的身體，三面牆，四處飄落如雪花的牆癌。

唯一朝向世界的窗口，陽子在透明玻璃貼上明信片。看上去是一團年輕男子搖滾樂隊的宣傳照。整團樂隊，唯獨只有正中間的男子臉頰有奇異光彩，粉紅色螢光筆畫上愛心符號。我仔細讀著明信片上的介紹，主唱叫蛋寶，瘦得跟猴似的，還有著一張白皙的臉跟妖精似的眼線。娘裡娘氣。

我不明白，陽子為什麼會喜歡這種娘炮男生。男孩的整個下半身塞在一條極窄的長褲內，實在太緊，褲襠的拉鍊周圍往前起伏鼓起一包。只有酒店的男公關或長期在東區茶店鬼混給女人包養的小白臉會穿這種褲子。

我答應跟你吃宵夜，也是因為照片裡面你的皮膚看起來很白。不過，原本以為你是個男孩，沒想到是女孩。陽子往冒著熱氣的宵夜低聲說話，聲音聽起來有點失望。

陽子是我用手機搖一搖交友程序功能搖出來的。

那晚我下班無聊，吃著宵夜，打開手機交友軟體。

我在宵夜的熱氣中佯裝專心，聆聽陽子傾訴自己。她說自己本來是現代芭蕾舞團的舞者，在車站走出來大約十五分鐘左右的芭蕾教室教舞，有次在進行四小天鵝的練習時，嚴重扭傷，休息了半年。之後，不管再怎樣使力，都無法用腳尖碰觸地面。每當試圖想用腳尖跟世界接觸，就彷彿有電流從末梢快速竄動，一刀刀削著肌肉神經。還沒意識到疼痛的程度，眼淚就不停止地流出來。芭蕾舞團的老闆心疼，把她留下來，做一些藝術行政的工作。

對於再也無法跳舞這件事，陽子表示自己其實厭煩這個話題，不是有別人主動開口詢問這個話題，例如：以後不能跳舞了怎麼辦好呢？而是那些自以為是的人，明明也不相熟就立刻露出一臉同情悲憫的眼神看著她，說真可憐哪，很努力了吧，沒有關係的。

想到就令人噁心。陽子說。

再不然就是一些自作多情的男人。以後再也不能跳舞了吧，沒關係，讓我來照顧妳，我一定會讓妳的生活繼續發光，像之前站在舞臺上那樣，鑽石般閃閃動人。那幾個男人還會如此補充，在家當家庭主婦，用雙手親自製作美味的料理，成為一名賢淑的妻子。光是想像，就充滿著溫柔的氣氛了對吧。

所以，當家庭主婦就會讓我再次發光？想到就反胃。

她抬起頭，咬著吸管，看我。眼神像個剛從高中校園內快速奔跑一躍翻牆溜出的女生。

我打算好好看著陽子。

陽子的臉，初看不覺得有什麼異樣。額頭飽滿，大眼，小嘴，長睫毛，尖下巴，很是精緻。不過，把視線停留在她的臉上超過幾分鐘，就能察覺好像有哪裡不太對勁。該怎麼說呢，陽子的兩個眼睛分得很開，彷彿左眼要往左走，右眼要往右走，隨時都要離開這張臉似的。

是金魚。

暗色透明玻璃水族箱內，被隔絕卻四處游動的豔色金魚。

脫去下身衣物的陽子，雙腿也如金魚豔橘色閃亮的尾巴，啪啪，啪啪，來回在我的身體底下快速且劇烈擺動。雙腳往天空的方向抬起時，嘴巴也發出啵啵，啵啵的聲息，眼珠瞪得大大的，肆意吐著水泡。

陽子的這些反應讓我興奮無比。我決意前進，陽子體內深處。從一路冰涼直到最深炙燙，陽子下身如幽靈坂路途，黑暗雜草叢生。

非男非女，幽靈似我，到此一遊。

陽子下方，我上方。探路，前行，再前行，陽子體內，我以手指在體內坡道爬行。先凹，中間突起，後半路徑，幅員廣大遼闊。

手掌心，潮濕植物活絡生長。

我終於深陷陽子沼澤。

苦行萬里，額上的汗水滴落床沿，終於抵達長久期盼的天堂之路。

我雙手捧著金魚，不，捧著陽子，在屋內四處移動。

金魚多活潑，也多聽話。伸手就有反應。小時候聽過的兒歌，在我耳邊響起。我輕輕看著，輕輕看著。

魚戲蓮葉東，魚戲蓮葉西，魚戲蓮葉南，魚戲蓮葉北。

滿屋子都是金魚黏膩濕潤的氣味。

直到夜色消逝，外頭開始吐露微弱的白色光暈，陽子徹底趴在地板上，再也游不動，浮不起來了。

我看著她睡著的臉，房間角落還有方才被我褪下的女用白襯衫跟女式百褶制服短裙。

不，陽子不是我用手機搖出來的女孩。

我根本不可能會做這種事。

陽子，是在高中同學會的返校制服日，重新聯繫上的校友。

那時候，她總是常常進出攝影社隔壁那間，連著一片黑玻璃的社團教室。

那是學校最神祕的社團，躲貓貓社。

有次我帶著菲林要去攝影社的暗房沖洗照片，她忽然從門邊探出頭來，叫我小聲一點，不要驚動。

她說，她正在進行躲貓貓社的固定社課，從社長到新進幹部已經全部躲起來了。我懷疑自己的耳朵是否聽錯，躲貓貓社？學校裡真的有這樣的社團嗎？

事實上，陽子從來沒有正式承認自己是躲貓貓社的成員。不知道是害羞還是其他什麼原因。也曾經聽說，陽子其實就是躲貓貓社的社長。

我當時只覺得可笑，躲貓貓社有什麼丟臉見不得人。躲在樓梯間，躲在排球架，躲在廁所工具間，躲在掃櫥櫃。有什麼難。不要躲在蒸飯箱就好了，等找到的時候，胖的變成五花，瘦的變成里肌。

聽說學校有個男同學，躲在科學實驗室的正方形鐵櫃，他把自己折起來，塞進櫃子內，就再也出不來了。父母打電話到教官室，校警拿著手電筒找遍學校。連垃圾車旁的水溝都翻遍。只撈出一堆從學生大樓扔下去的保險套。還是沒找到。

那男同學把上半身對折到下半身。額頭頂住膝蓋，腳跟頂住鼠蹊部，卡緊鐵櫃。

他們後來找消防人員破壞鐵櫃，才把他弄出來。陽子說。

切割鐵櫃的時候，聲響超巨大，那男生好像有邊耳朵半年都聽不到其他聲音，問他還好嗎？只說轟隆隆，轟隆隆。

躲在櫃子那麼久，肯定很辛苦。我說。

陽子忽然轉頭看了我的眼睛，嘴角上揚，露出一個微妙表情。

她也不等我的疑惑與問話，接續深陷躲貓貓的故事。

這件事，讓躲貓貓社的社團教室被轉移到地下室。大家變成真正的地鼠，躲避貓的追捕。陽子說。

地下室，陽光施捨一樣，偶然且零碎地從半面窗戶照進漆黑的走道。水平面以下的洞穴視線，多數時間只能看見走過來走過去的一些腳。學生的腳，教官的腳，警衛大叔的腳，又或者美術老師的腳還有短裙裡隱隱露出的底褲。

又臭又暗，潮濕不見日光的地方。

不過，有天我看見一個男生走進來，教官跟在後面。

地面上整條走廊都很吵。啦啦隊在練習校慶的舞蹈，佛教研究社在開會，老師是校外請來的，一個樸素正經的比丘尼。觀自在菩提。遠方收音機還在播放朗誦念經的背景音樂。

陽子說自己只是低頭，又抬頭。

教官的長褲竟然就消失不見。

那麼短的時間，那條卡其褲子就跑到教官腳踝。我躲在轉彎的樓梯，不敢出聲。哇他小腿的腿毛好多，白襪不曉得是鬆掉還是搖晃太大力整個也掛在皮鞋邊緣，教官抓著隔壁班那個男生的腰，拔河那樣用力，再用力。

半面窗戶上方，那個法師還在講，什麼肉身菩薩，什麼包骨真身。

她躺在清晨時分，在我身邊，輕輕呢喃這些過去。

陽子講得入神，反倒我聽得出神。

一尾金魚從眼前張著嘴，游過來，又游過去。我的手指縫隙還如此濕潤，剛從幾株水草離開。

陽子與我躺在單人床，我的肩膀超出床墊的邊沿，隱隱地懸空著。即使身處狹窄位置，她也絲毫不蜷縮自己的身體，而是霸占更多空間，將我擠出我們身下的面積。

隨著外頭閃現的陽光，影子變成被打碎的音符，以不規則的節奏投射在單人床旁的木質地板。棉被內裸露的陽子的肩膀，不知道從什麼時候開始在陽光底下變成金橙色了。

金色的光線照進屋內，皮膚上細微的毛孔，忽然變得好清楚。

我打斷陽子的地下室故事。

我說，妳還記不記得生物課本裡面，左邊畫著男生的身體，右邊畫著女生的身體。老師根本害羞到不敢教課，竟然搬出一臺收音機，放入一卷錄音帶。從兩個漩渦似的黑洞裡，傳出機械式的女音：這是陰囊，位於陰莖根部下方位置。用途是保護睪丸。陰囊會隨著氣溫收縮變化，氣溫低，陰囊會收縮，氣溫高，陰囊鬆開，達到散熱。

老師背對著世界的疑問，獨留我和收音機面對陰囊熱脹冷縮的祕密。

窸窣，窸窣，有塑膠袋來回磨擦的聲響。

老師不知道在什麼時候偷偷轉身，把兩顆橙色乒乓球丟進透明的塑膠袋底部，把頂端打結，握在手中。

她把塑膠袋高舉。來，就是這樣，陰囊裡面會有兩顆，這個就是剛剛錄音帶介紹的，睪丸。

班上的男生幾乎都在低頭竊笑，他們的眼睛瞇成一條細縫，隨著講臺前的那一包塑膠袋持續發出窸窣，窸窣，教室的牆壁內部好像也跟著發出嘻嘻的聲音。老師還站在講臺黑板前，甩舞著兩顆橙色的土雞蛋。不，橙色的乒乓球。

我把這些回憶講給陽子聽，她說完全想不起來這些事。什麼乒乓球，什麼老師。陽子說的躲貓貓社團，我也想不起來，攝影社隔壁那間教室的玻璃比暗房還黑，連電燈也沒有。打開黑色的大門裡面還是黑色。

我有點沮喪，低頭看了陽子的身體。比起蓬鬆長鬈髮，擺放在觀景窗正中央，兩乳之間的海溝更吸引我的注意。

我把臉靠近海溝，發現內裡反應竟然是有回聲的。

陽子把那張寫滿對老師的各種詛咒與髒話的紙團交給我，叫我假裝是我寫的。

我說好。

體育課的時候，她把自己不小心踩到爛泥巴的運動鞋脫給我，跟我換穿。

我也說好。

在長長的走廊盡頭，廁所的門板外，那些高年級生將我包圍拿起清潔劑噴向我的嘴巴。罵著男人婆、陰陽人。她冷冷地看著，轉身就走。

我張開的嘴巴來不及收起，也好像是在應答。張開的嘴形像是在說，好。

與陽子的再度重逢，我驚喜又卑微。在今天以前，我無止盡幻想過她身上的味道，水蜜桃，香橙，蘋果，葡萄，各種我熱愛的水果的香氣，或是百貨商場裡香氛區，瀰漫飄散紫丁香、西西里島檸檬葉、桂花、牡丹，以及黎巴嫩白西洋杉混著甜麝香收尾的後味餘韻。

重逢以前的日子，我在天母一家日本貿易服飾行當網拍助手，騎著摩托車送貨去西門町的二手服飾店。服飾店的男老闆娶了個日本老婆，她的辦公桌總擺著水仙花。

她天天看花，我天天看她。

下班後就看日劇打發時間，每天睡前把左手跟右手輪流伸進褲子，做著跟美女談戀愛的幻夢。

我時常幻想自己就是那朵水仙，讓她捧在手裡，感受肌膚之親的溫柔。可是，這些都沒有發生。我只是繼續看著她，她也繼續看著花。

開店，關店，時間久了，我覺得我看她，也好像在看著一朵水仙花。

我渴望更多豐滿的花苞。

等待開花之際，老闆娘總是把到貨的新款日本男裝往我身上套。

她似乎隱約明白我從未說出口的那點心思，廓形剪裁的西裝外套讓我看起來肩膀更寬，身體更厚實，女性化的臂線也消失在上寬下窄的褲管。

站在店門口招攬生意，路過的女學生們不叫我小姊姊，改口叫我小哥哥。

店裡沒有男員工，她們叫的當然是我。

我總是穿男裝。

唯獨服裝修改間的阿姨逼迫我清醒。

妹仔，這是男裝喔，你知道吧。這是男裝啊，你穿起來鐵定會太大，看看別的啊，不要老是買這種。

修改室的阿姨總是邊拿出捲尺，在我身上比劃，又轉身在西裝外套尾端以彩色粉片劃線做記號。

修改男款服飾，讓原先垂落的男肩緊密貼合我肩。從修改阿姨緊皺的眉，我才知道從開扣的方向，襯衫外套的前後布片，老早就暗暗細分男女有別。

原來世界分成左上右下，右上左下。

扣子在右，洞在左。

我要當個男孩，女孩就該在我左邊。

閉上眼，試圖讓心緒冷卻。我低頭確認，陽子確實還躺在我左邊。她的左眼還在左臉，右眼還在右臉，只是眼角似乎蔓延到臉的邊界。我伸手觸及，沿著肥美臀部往下，陰部核心的果實仍在被窩裡散放春日的海邊氣味。

我思考著，自己是否該揮舞雙臂，用編織得牢實的魚網將陽子束縛。正當我想著這些海浪般事物的時候，意外發現公寓的窗上有只模糊的手印，顯示曾被拍打過的輪廓痕跡。

我撿起地板的白色襯衫，那根本不是什麼高中制服襯衫，原先的百褶制服短裙也變成單層輕薄的日式浴衣。

腦子裡的記憶迴路忽然交錯，逆行，打結。我感到頭痛難耐。

如果陽子興奮的時候，不會蜷縮，變得渺小，而是熔岩火山，泥漿汩汩流出。

那麼此刻，身旁這個女孩是誰呢？

高中校園裡，根本沒有陽子這樣一個人物。

不透光的布簾背後，陽子的乳與我的肌膚反覆磨擦。

老闆整個下午都不會回來。陽子說。

她抓住我的手，伸進她不知何時早已解開的胸衣。乳與乳之間的海溝熱汗滿溢，我熬不過這場爆發的災難。

陽子握住我的兩根指頭，臉頰緊緊貼向布簾與牆邊縫隙。她的指縫還有輕微燙傷的痕跡，那是長期以直立式掛燙機整理服飾衣物的證明。

陽子，是我打工的服飾店老闆的妻子。

無論是在服飾店的更衣布簾後，或是公寓酒店的床墊，甚至是無人的夜間校園，她每次總是在結束親熱後，拿出粉餅跟粉撲慢慢補妝。小拇指輕巧揚起，像什麼事都沒有發生過一樣。

我從來不敢問陽子究竟是怎麼想我的。世界上唯一能確定的事情，是我真的游進她的身體。

一次又一次。

我從來都站在浪上。

從服飾店正式離職的那晚，陽子約我去看舞臺劇。

那齣節目叫《結婚秀》。

我們買了吉拿棒跟香蕉奶酒進去觀眾席。舞臺上的長腿帥哥跟女主角一見鍾情準備要結婚，卻遇上重重阻礙。女主角年老的父親為了拆散他們，喬裝打扮成各種角色如房仲業務、廟公、貨運司機，一路上跟蹤搞破壞，設下各種災難與考驗，最後走向美滿結局的搞笑喜劇。

陽子笑得開心，將吉拿棒放到我嘴巴前方，香濃的肉桂味飄開，我知道這或許是最後一次的約會。

舞臺劇劇終時，布幕降落下來，畫面停留靜止在一套西式禮服與一套小洋裝的投影。我望向自己身上更帥氣的黑色皮夾克、白色襯衣、窄版西褲跟黑色長靴，心中暗自決定未來婚禮的裝束。

夾克口袋內的手機螢幕悄悄響起提示訊息：明日下午三點心理諮商。

散場時，舞臺燈光掃過我的肩膀，從左到右，再從屋頂端回到角落地板，「測試、測試、一二三，一二三」回聲環繞著劇場，彷彿剛剛的一齣戲也只不過是正戲上演前的一段簡短彩排。

我與陽子，也都只是臨時演員罷了。

劇場外的天空，黑夜與深夜中間有一條看不見的，隱形的線，灰黑，濃黑，墨黑，它們始終存在細微的差異。我感覺到身體最深處傳來刺痛感，隨著兩腿間濕潤的感覺蔓延開來，了解原來這即是肉體的本能慾望，跟其他人一樣，沒有什麼不同。不是玫瑰色而是黑色。在暈眩的黑色光線裡，有一生命，正捂著下體來到世界。

「結婚秀，今日欲欣賞結婚秀舞臺劇的觀眾朋友們，請準備好你們的入場票。等待上一場清場結束，我們將會於十分鐘後再次開放觀眾入場。」只剩下人聲的黑色箱子裡，廣播男音成熟且溫柔。我張開嘴型跟讀，假裝那是從自己體內發出的聲音，我的身體隱隱作痛，卻感到空中彷彿有白色雪片落下，伸出手，攤開手掌心，原來是剛才舞臺劇表演的煙花亮片。

頭髮，肩膀，口袋側邊，靴子縫隙，都有煙花亮片來過的痕跡，它們必定哭泣得很傷心，為這一個沒有固定形狀且正在改變的身體。身體若是畫布，可以刺青，有雲山，有小鳥，有樹林駐留，那會是風景明信片，上山下海，一場長途遠征的旅行。我不打算刺青，手術刀已帝國遠征，大江大海的來去，原始歌聲開始降低音階，從千年之戀到忠孝東路走九遍。我開口自己都想笑出聲音，那麼低沉，喂，喂，喂，你究竟是誰。

我該以什麼方式重新游回陽子的身體內。

也許可以嘗試從冬日特價的男士高領毛衣開始，劇場大門廣場，那些用眼角餘光打量我的男子，就從他們身上同款的保暖加絨半高領毛衣著手。下一個冬季來臨之前，還能穿上商務正裝或英倫紳士西褲。

喂，喂，喂，那麼低沉，我對自己說。

島的遊戲

我不出門。

母親會幫我把晚餐放在房門口。我請求她不要進來，只需要敲三下我的房門就好，讓我知道飯菜在這裡。最好連「現在可以吃了」這句話都不要說出口。不要發出聲音。不要讓我感受到她為了晚飯忙碌奔波的情緒，也不要讓我看到她皺眉哀愁的臉。

這樣很過分嗎？

或許是吧。

最後一次產生出門的念頭是為了秋葉原。遊戲論壇上，認識多年的老戰友建國，他說終於存夠錢了。那些我們半夜未眠，在網上討論地無比火熱的地方，動漫天國、女僕咖啡店，還有，絕對不能錯過的東京電玩展。

看著建國上傳好幾張女僕咖啡店的照片，真是羨慕死我了。長長的街道，秋天的楓樹，穿著和服的初音。還有皮卡丘造型的巧克力飲料，連荷包蛋都是愛心形狀，不知道是用什麼機器模型做出來的。日本似乎有好多這種喫茶店。

我只能握緊滑鼠在電腦螢幕前按著讚，按著愛心符號。建國真好啊，我也想這樣活著。其實，我吃什麼都可以。只要女僕店裡的女孩打扮成我喜歡的角色。白色的蓬蓬裙，帶點透明的絲質長筒襪，下面再搭配一雙皮鞋就完美了。

即使不出門，我也能在網站上追蹤她們的粉絲專頁，看一些需要付費的直播。有些互動唱歌的影片很貴，但女孩都靠得離鏡頭很近，服裝也特別用心，連頸脖部分的蕾絲領結也縫得好細緻，就跟動畫的故事版本如出一轍。

秋葉原那間女僕店，有一個叫 Hitomi 的女孩，戴著星星造型的隱形眼鏡。我不是說星星造型的鏡框喔，是她的瞳孔裡面真的有著星星的圖案。跳舞的時候總是一閃一閃亮晶晶。她不只在女僕店上班，還常常出席動漫角色的扮裝舞會。

我用網上翻譯字典查詢 Hitomi 的中文意思，原來就是瞳孔的瞳。

好幾個睡不著的深夜，房間裡大量湧現黑海，只有女僕咖啡店的聊天室仍顯示：營業中。唯一燈塔，溫柔為我亮燈。

我在鍵盤輸入：非常に孤独。

Hitomi 回應：ネットの世界も現　の世界も寂しくなった。

查了翻譯字典，意思大概是，不管是真實世界或網路也如此孤獨。

我在網路打遊戲賺來的錢幾乎都捐獻給她。畢竟，她是除了建國以外，唯一能和我聊天的人。從螢幕頂端幾乎看不見的黑色的微小鏡頭，我從那小洞窺看遠在日本的 Hitomi 的身體。背景音樂的前奏響起，她終於拿起麥克風，走到鏡頭前對我眨眼，唱起來，扭起來。這並不是什麼深夜色情頻道，不會有寬衣解帶的劇本。通常是一首舞曲搭配一首慢歌，她會在最後輕輕地說：晚安。明天，一定會幸福的。

我張開乾燥的嘴巴輕輕地回應：好。

彷彿這就是一種承接幸福的儀式。

關於幸福，以前有個綜藝節目的男主持人，混了很多年老是紅不起來，後來終於找到屬於他的風格，男扮女裝。他會戴上紅色齊耳假髮，再穿上紅色連衣裙，站在滿是波點圖形的大南瓜前面，雙手緊握，以一種隆重且害羞的姿態進行自我介紹：大家好，我是草間彌生的姐姐，草間人命。

印象中，我是跟父母一起看的電視節目，螢幕前的大家都笑了。男主持人還會故意跌倒露出底褲，或是刻意將胯部張開，螃蟹般走路。節目裡，其他主持人會聯手來賓，一起拿麥克筆在他的臉頰也畫上波點或用白色紙扇敲他的頭。他看上去整個人暈暈的，兩腿一軟，倒在地板，底褲變成一朵綻開的花。

波點洋裝也好，Hitomi 穿的蕾絲洋裝也好。

仔細想想，我不能否認自己對洋裝的好奇心。

那已經是太久以前的事。母親跟父親一起在印刷廠加班，直至午夜未歸。整屋子安靜，我吃完餐桌上的晚飯，洗完碗盤也曬完衣服，無事可做就在家裡面走來走去。直到走進他們的房間。

我看著床頭櫃的木質相框，父親跟母親肩靠肩擠在相片裡。母親身上一件天藍色的絲質連衣裙，像是被陽光照過的海水一樣，粼粼飛舞。相片角落的影像已有些許斑駁，滿是喪氣感。但年輕的他們，臉上笑容收得那麼緊，唯有那條裙子，那麼鬆，那麼輕盈，還在時空的微風裡流動。

我打開母親的衣櫃。最角落隱隱透出一塊天藍色的布料。我靠近，伸手抓取，果然抽出照片裡那件天藍色連衣裙。

把衣架拋在床的邊緣，裙子翻至背面，拉下拉鍊，再將裙子從頭頂處開始套進身體。我的身體瘦扁，連衣裙像一條掛在窗戶的窗簾布或被曬在竹竿的床單，空虛地掛在身上。

我在客廳跳來跳去，原地繞著圈圈旋轉起來。我像是《飛天小女警》裡面的藍泡泡少女。

藍色的天空啊。藍色的海啊。很快整個人都輕飄飄了。

學校的便服日，我偷偷把連衣裙放入書包。真的只是放進去而已。

印象中，那天不只是便服日，還是體育課躲避球賽的日子。但對我來說，並不是什麼躲避球，倒是鬼捉人的遊戲。我依舊穿著格子襯衫跟卡其褲、運動襪和布鞋到校，午休時間把側臉靠在課桌上流口水。坐在隔壁的男同學阿猴，一如往常在我熟睡時翻開我的書包，想從裡面偷拿零錢或玩具模型。

你們大家快來看，這是什麼。

他把書包整個顛倒過來，把母親的連衣裙抽出來，直接套在我身上。

班上幾個男生突然湊過來抓我的胸部，其他人抬起我的雙腳，分開再分開，朝教室外的牆柱角落衝過去。

旋轉又旋轉。

我不記得後來發生什麼事。只記得那天的天空幾乎沒有雲朵，好藍，好藍，就像母親的洋裝，天藍色，風吹來會飄動。

過了很久，我發現自己在蒸飯箱旁邊的打掃櫥櫃裡睡著了。沒有任何人來找我。打開櫥櫃，大家像是約定似的早就解散回家。遊戲的最後，整座校園都是黑色，警衛坐在校門口的小房間裡打瞌睡，世界也是黑色的，只有路燈亮著。我輕輕拉開門把，推開校園的小門獨自離去。

睡前，我站在浴室裡拿水管沖身體，手掌握住自己的胸部，像白天時阿猴對我做的那樣。身體裡面脹脹的，陰莖上的那條縫開始微笑，我像是園遊會的快樂棉花糖。

我把天藍色連衣裙偷偷放回母親的衣櫃，假裝什麼事都沒有發生。

短暫燦爛的天藍色，像白日煙火，只有我一人欣賞。

隔天，我坐在教室角落就發呆看漫畫，走到操場就拿躲避球，朝其他男生的頭或肩膀用力砸過去。如此重複幾周，漸漸地，曾經發生過的事情也像被另外儲存的檔案，直接覆蓋過去。

世界又回到本來的樣子。

讓我不解的是，班上每個同學幾乎都有綽號，即使是罵人的。例如，史奴比的弟弟stupid，講出來大家還會嘻笑兩聲。但我始終連一個綽號也沒有。導師發周記回來總是漏掉我的那一本，安靜地落在講桌旁，直到放學前當天的值日生打掃黑板，才把灑滿了粉筆灰的周記簿拿給我。

生活輔導課分組的時候，所有人像大風吹一樣，迅速找到屬於自己和同伴的椅子，坐下來愉快地聊天。沒有人過來拉我的手，告訴我這裡還有空位。從來沒有人對我發出邀請，只不過想聽到一句，和我一起吧。竟是如此困難的事。

也許我該拿出灌滿塑膠BB子彈的槍枝，射向教室外的松鼠或麻雀。

同樣的麻雀，同樣的同學，嘰嘰喳喳令人厭煩。

那個曾經能讓我躲進去的掃除櫃也還是老樣子。只是我長高了，再也進不去了。

往後分組活動的時間，我會走到男生廁所的工具間，拿出打掃阿姨平常用的那一罐清潔劑，再帶著清潔劑走到校園裡的魚池。池塘裡的魚，長得都很像。我根本分不清牠們有什麼分別，也許牠們以為我拿來的是魚飼料，瘋狂地把口靠近池塘邊緣。我把清潔劑放在地板，蹲下來看著那些魚群在水裡反覆洶湧，他們也很激動地看著我。很快地，鐘聲響了起來，我只好走回教室。我不記得自己有沒有帶走那罐清潔劑，也許有，也許沒有。

那時，我的房門還不是全關上的。

只有母親在家的時候，我還會走到客廳坐著看傍晚固定播出的動漫。當父親回家，才趕緊按掉遙控器，躲回房間。

他會在我房門外怒喊：吃飯了。手抓著滷肉，再用油膩的手搶過我的書包，從夾層縫隙抽出聯絡簿跟周記簿。

沉默寡言，不喜合群，偶有女性化行為傾向。他在餐桌上大聲朗讀老師給我的評語。

我沒想到這種評語會得到父母如此激烈的回應。老實說，他們很久沒有坐下來，談論賺錢借錢甚至欠錢以外的話題。母親總是責怪父親遲繳電費，或父親抱怨母親把衣服悶在洗衣籃太久飄出酸味。可是，現在父親與母親在客廳彼此持續吼叫。桌燈搖晃，滷肉被扔到餐桌下，牆壁上有他們劇烈揮舞的影子，搞得像萬聖節派對。牆上的父親變成哈利波特裡的石內卜，只是手上不是魔法杖，而是落在我身上又細又長，咻咻有聲的藤條。他期待我說出，我不懦弱這種話。

但我沒有。我不是哈利波特，也不是跩哥馬份，我誰都不是。

也許我是多比。

永遠只能待在家裡洗碗，又瘦又弱，無法自由解脫的怪物。

睡前，父親喊我進浴室。

他打開熱水，轉到最燙的那一端，蓮蓬頭洞口奔流的水注和熱氣，很快瀰漫整個空間。霧氣遮蔽我的視線。等我回過神來，皮膚上的所有毛孔都在放聲發笑，笑得咧開懷，笑得發癢，發熱，發疼。這裡那裡，上面下面。

父親只差沒有朝我的額頭烙下咒印。

我逃回房內，他拿著榔頭用力搥門，打破了一個洞。他可能也真的老了，死命搥，衣服上都是汗，也才打出一個很微小的洞。隔著房門板，他從小洞裡瞪著充滿血絲的眼睛對我喊，用各種三字經罵我，叫我現在就出來。我在房內也透過小洞看著他，但我說不出任何反駁的句子。最後，把角落的書櫃推到門前，擋住門板與破裂的小洞。

房門完全關上前的片刻，門板間隙，齒列對著齒列。我看到父親變得不像是父親，也許他也從另一端感到我也不再是我。

母親站在門板外暗暗低語，說最近屋內總是聞到死老鼠的臭味。

那也許不是老鼠，而是我的房間，又或者是我身上的味道。

我連多比都不是，只是洞穴裡的老鼠。

偶爾，我也會打開臉書或其他社群帳號。班上的同學們好像都過得很滋潤，尤其參加熱舞社的那些男生，穿著寬寬大大的衣服褲子，戴著漁夫帽在校園的地板表演。只要他們把身體在地上滾來滾去，身旁的女生都會為他們瘋狂尖叫。那些男生們還會上傳限量的球鞋照片，照片搭配的文字卻是：傻女孩，你不懂。

我在下方的空白留言區打字輸入：我也不懂。

想了又想，又按著倒退鍵把訊息刪掉。

即使沒有人在家，我也抱著便當盒坐在房間地板，邊吃邊看網劇或線上連載的漫畫。便當盒內的隔夜菜加熱再加熱。那已經不是菜味，吃到後面幾口總會飄出一股微酸的抹布味。

大概就是從那個時候，建國邀請我加入他的手機遊戲。

建國用程式語法在遊戲論壇建造一座挖礦小島。

小島的名字叫旋轉島。

如果硬要從島嶼的輪廓和比例尺來計算，也許最接近臺北城裡的社子島。

那是建國研發遊戲最初的靈感來源。他還保證打開世界地圖都找不到和旋轉島相似的島嶼。

旋轉島上沒有二十四小時的便利店，沒有藥房，沒有醫院。挖礦的人來島上只為了他們自己要的東西，丟下一些鏽子和垃圾，帶走礦石去換錢。又或者，在島上偷竊，奪取一些根本不屬於自己的東西。

島上的活物只有日夜持續勞動，身形矮小膚色黝黑的地精。他們哭的時間永遠比笑的多。

我打開高中地理課本，在臺灣地圖上找那座島。

位於臺灣臺北某區所管轄的一塊小區，即使稱作島，也只是其中一部份。最早由基隆河與淡水河交匯而成的一個沖積平原。克蒂颱風穿心越過陸地，島上地區發生嚴重淹水。最裡面的中洲埔、溪洲底等地區被市政府下令長期限建、禁建長達數年，成為臺北少數開發緩慢的社區。

旋轉島就是我跟父母親一起生活的地方。

以前父親會沿著河岸騎摩托車去印刷廠上班，雖然下班時總是全身油汙味，至少餐桌上還有兩道肉或青菜，周末還有小蛋糕。他總會先洗手洗澡才坐在餐桌旁。跟現在完全是兩個樣子。

那時的父親常陪我玩《虛擬城市》電腦遊戲。遊戲裡的父親，扮演市長角色，他手指底下的那片山地，淺綠深綠連成一片綠色世界，好久都不開發。父親比我還中二病，他會站在荒廢未開發的土地上，大喊，狼來了！狼來了！

每次這樣一喊，城市裡的市民都會很緊張地跑到大街上，抱著自己手上的家產，緊張冒汗地在街上徘徊，你看我，我看你。後來，發現是虛驚一場，又提著背包跟行李箱回到自己的屋舍。我曾經在父親不留意的時候，瘋狂點選「狼來了」的功能按鍵。直到第三次，街上空蕩蕩的，灰色的馬路上沒有任何人衝出來逃生。只有一戶人家，從公寓裡把石頭扔出來，打破了對街警局的玻璃窗。

螢幕上大大的字體顯示：說謊的市長，大騙子。可恥。

市民走到街上，舉著火把跟刀棍。他們砸爛所有花店跟麵包店，他們走進銀行大聲疾呼：現在是搶劫，誰也不准動。

我害怕地把遊戲關掉，把光碟片收回遊戲盒。

父親某天再度放入光碟片，打開檔案庫的時候，整個市鎮全被燒光了。熊熊烈火，混著豔橘色與血紅色的夕陽蔓延整塊電腦螢幕。畫面中的河流都是汙水，山川綠地不見了，角落有一個抱著嬰孩在哭泣的婦女。

從天而降 **GAME OVER** 的字樣。

後來，全世界的人都不再玩《虛擬城市》。玩遊戲不用打開電腦，父親坐在馬桶上，邊排便邊按手機。載著廢棄物的大型回收車開過巷弄，家屋的地面會瞬間劇烈震動，馬桶內的水突然往上衝。父親咒罵，繼續他的排便與遊戲。

他也不再出門工作，只會在排便後拿著手機，單穿一條內褲坐在客廳。不時捏捏他的懶趴，嘴巴喊著晚飯呢，晚飯還沒煮好是不是。用骯髒的五元或十元刮著永遠不曾中獎的刮刮樂，眼睛繼續盯著手機裡的挖礦遊戲。

父親不知道，手機遊戲裡的祕密。

旋轉島的挖礦遊戲不容易，其中最難的一項挑戰是聽水聲。

玩家必須打開手機音效，仔細聽河流聲音的方向。有時候是咕咕咕，嘟嘟嘟或嚕嚕嚕，伴隨疊音，混音，根本聽不清楚。簡直就像是靠在人的肚子傾聽浸潤在體內器官的聲音。

如此艱難的任務，並不是任何人都能闖關成功。我常常在想，從事電玩職業，除了特殊的才能，似乎也必須經過嚴格的訓練。而玩家從手機裡挖到的金幣和採收的水果都可以兌換成遊戲論壇上的點數，讓網友集點兌換虛擬寶物，這些虛擬寶物還可以在網站上變現。至於，能賺多少就憑個人的本事了。

日本跟韓國有不少電競玩家擁有這項本事。他們都從小學開始打遊戲，一直打一直打，一瓶可樂放在旁邊就可以撐過一天。這是不是也是一種類似苦行僧般的修行呢？

建國初次修煉的遊戲，叫《王者榮耀》。從士兵到國王，都是階級體系，男性角色在城牆內展露肌肉，進行軍隊操演。但我一直隱約覺得，比起男性角色，建國最愛的是女性玩家角色，李元芳。

那是一個跟美少女戰士的月野兔極相似的人物。當女孩跳上戰場，拿出武器戰鬥對決，配音會發出 biu biu biu 的發射音效。

建國迷戀著歷史上根本不存在的角色，李元芳。她唯一出現的場景是唐朝神探狄仁傑辦案的現場。而且，總在深夜出沒，自由穿梭在朝廷與民間，一身輕功在屋簷與屋簷頂端飛翔。

她的口號是：暗夜，才是密探的主場。

建國跟李元芳一樣，半夜不睡覺，坐在螢幕前打怪。暗夜吞噬他的時間與身體，而等待只是為了午夜十二點後的旋轉島。

島嶼在手機螢幕裡垂直旋轉，來到另一側黑夜。小島被大水覆蓋，島嶼持續沉陷在極深的海洋底下。只要在深夜預約海島寄信，海島可以免費為登錄者寄出禮物。當然，對網友都說是免費，事實上這是最新的數位廣告。淺白來講，也是一種業配手法。

建國自稱宅男，卻懂得寫信跟廠商交涉。有一家賣水杯的公司終於給我們業配。獎金很好，只要搭配遊戲流程，每周可以賺幾千塊。我終於解決長期零收入的困境。

比起父親母親，建國更像是我真正的室友。同島一命。

我曾幻想他與我各自在城市的角落。一個等著日落，一個坐看日出。

即使是室友，建國也有我無從知曉的祕密。他被軍隊徵召入伍，收到兵單當晚，竟然主動發起視訊邀約，想跟我對話。手機螢幕持續傳來鈴鈴，鈴鈴，要求對話的音效通知。我依然不肯露臉，只有他單方打開手機的前置鏡頭。

鏡頭開啟，赤裸時刻。

我看見建國把自己扮裝成李元芳。

他（不，應該說是她）讓黑色蕾絲胸衣貼著肉身，頭上戴著一頂紫色假髮，肩膀還披著長長的血紅色披風斗篷。

建國問我，美不美。

我起初狂笑不止，後來就再也笑不出來了。

建國說他一直認為自己是美女，身材火辣，肉彈甜心。有次，換穿李元芳的扮裝服飾走在街上，本以為男人會朝自己吹口哨，結果被兩個大伯拖進暗巷暴打一頓。

那兩個男人看到胸衣，邊罵髒話邊把衣服都撕爛了。醒來的時候，整個人倒在防火巷裡面的垃圾堆，身體痛得無法站起來。

建國的語氣那麼冷靜，好像說的完全是別人的事。

我捏著手心，答不上話。

你知道最可怕的是什麼嗎？是學校的教官。

他在學校的地下室，平常根本沒人會去的社團教室旁的水溝，用水管把我的脖子勒得好緊好緊。他的卡其色襯衫都髒掉了，上面沾著水管痕跡，一條一條的印子。他推開我，站起來，又像沒事一樣。用口袋裡的手帕，把眼鏡跟手都擦乾淨。

離開前，用力踢了我一腳，把我踢進水溝。

我知道你是可以相信的人，所以才告訴你這些。如果有一天我回不來，你要好好經營我們共同的線上遊戲喔。

建國說完就從遊戲論壇離線了。

手機螢幕顯示，李元芳，已從遊戲登出。

他的頭像從彩色變成灰色的，就跟接下來好幾天的天氣一樣，從窗戶縫隙看出去整片天空只有烏雲。

建國入伍以後，我沒有能力獨自維持旋轉島的遊戲。我根本不明白那些坑洞，流水，以及虛擬寶物的設計與安排。這一切都是他細密的心思。

整座島嶼全是原子彈轟炸後的空洞。一個洞，一個洞，布滿冰冷乾枯的土堆，看上去再也沒有地方可以挖礦，沒有資源可以挖取。漸漸的，原本那些熱衷遊戲的人也不再光臨。遊戲論壇似乎也面臨解散的命運。

我總覺得自己應該對建國說點什麼。

比方說，讓我把我的心換給你，從今往後你做人，我做妖。又或是，我也曾經有一條裙子，天藍色絲質，穿上會變身。我就是飛天小女警裡面的藍泡泡。

可能是想得太久，久到島上的風景都消失了。

螢幕跳出程式終止的畫面。

旋轉島對父親說了 GAME OVER，而母親對父親提出離婚的訴求。

她一直想離開小島。去看別的風景，去過別的生活。
母親沿著基隆河騎車過橋，去士林的一家貓旅館打工。
一整天待在那，不知道是貓給母親當室友，還是母親跑去當貓的室友。
我在網路搜尋引擎輸入關鍵字，士林區、日式、貓咪住宿。那間貓旅館的粉絲專頁貼滿貓咪的睡臉。旅館內擺著淺色長形木桌，桌上還放著茶壺跟貓餅，落地窗前各種組合式的貓架，給貓發呆和睡懶覺。
沒有任何一隻貓在飼養籠內。所有貓都不受拘束，在屋子自由走動，用貓掌撈著流動的水，舔著自己的手掌洗臉，把貓背來回貼在地板打滾。
貓旅館會在午後直播，寵物溝通師幫貓咪上課，學習動物禮儀。母親在螢幕裡笑得很開心，我很少看見她露出那樣的表情。我好像很久沒有看見她了。母親跟那些黑白貓或三花貓坐在一起，看上去遠遠的，小小的，好像她也是其中一隻貓。
我在螢幕這端看著母親。
貓捉老鼠，捉迷藏。我們誰也見不到誰。

母親住在貓旅館的那幾天，我只能依靠手機送餐。

我打開手機裡的外送ＡＰＰ，畫面顯示最近的餐廳是，王家小吃。距離約二公里。我滑動菜單欄位，點一下甜不辣的圖片，再點一下大腸麵線的圖片，運費三十元，結帳金額總共一百二十元，送餐時間約三十分鐘。螢幕主動彈出提示訊息，外送員將會騎腳踏車前往您所在的地點。

手機螢幕上一臺黑色的腳踏車在地圖座標上緩緩移動。連綿的雨從窗戶縫隙拍打進屋內，颱風似乎快來了。我想像手機裡的那輛腳踏車正沿著河岸，一路筆直騎行，漸強的雨水拍打在黃色塑膠雨衣外層，發出波波波波密集聲響。

沒多久，手機螢幕又主動彈出提示訊息，您的餐點即將抵達，請準備領取。那輛黑色腳踏車的車輪在地圖裡忽然加快速度衝刺，彎進巷口。

飯還沒送來，尖叫似的煞車聲就傳進屋內。

幾分鐘後，有人站在我的房間窗戶底下大喊，下來拿便當啦。

我從窗簾布與鐵窗的縫隙向外窺看，那分明是住在隔壁巷尾，我的小學同學，曾經捏著天藍色洋裝的胸部縫線位置，把我抓去擼牆的，那個叫阿猴的男生。他騎著改裝變速腳踏車。從回收廠撿來的零件，拼拼湊湊，拼裝成的二手車在雨中持續發出吱拐聲響。

我轉身背對窗戶，拿出手機，點開留言板：放在大門外面的鞋櫃上就好。謝謝。同一時間，手機另端顯示訊息已讀。

按照慣例，我看著牆上的時鐘，默默數到三分鐘或五分鐘或更久。放輕腳步，慢慢移動到家門口。再從大門的貓眼確認外部狀況，鞋櫃上確實已放好一份塑膠袋包著的餐盒。

我做了一個深呼吸，以極快速度打開厚重的鐵門，伸出手臂前端，抓緊塑膠袋。但鐵門關上的瞬間，阿猴的聲音從巷內傳開：你叫 Nanako 喔，用什麼日本名字。

我飛快將客廳窗簾拉上，把裝著甜不辣跟大腸麵線的塑膠袋提進飯廳，再把袋內的雨水倒掉。

吱拐聲響的腳踏車聲音又突然回來。

死娘炮。人妖。一連串放肆的男聲在小巷子裡喊著。

我不要聽。

我為什麼要聽。

打開手機，店家評分如下，餐點美味度四點八顆星，包裝完整度三顆星，送餐速度四顆星。外送員服務態度一顆星。

我用手指在螢幕上快速滑動，點開評論區，輸入：味美可口，老少適宜。唯外送員服務態度惡劣有待改進。

沒有手機遊戲的深夜，我躺在地板上，把頭埋在兩腿之間。身體裡隱約發出很微弱的聲音，比起壯闊波瀾，更多是虛弱無用。

我想念建國。

遊戲裡每一種水聲都各自發出不同音階。

滴滴答答，滴滴答。

建國入伍一段時間，我才發現那些水聲好像是一首歌曲。我把水聲錄下來。

某次吃完飯後，我把手緊緊按在門把上，用力旋轉把手，打開門，走出房門。

母親正在洗碗，很驚訝地轉頭看著我，說不出話。

她匆忙從廚房拿杯水，遞給我。

喝水，趕快喝水，你多久沒喝水自己都不曉得吧。

我按下播放鍵，把旋律放出來給母親聽，讓音階從手機裡面唱出來。

母親跟著旋律哼了一小段，滿臉疑惑說這不就是那首老歌，〈月亮代表我的心〉嗎？

能不能不要再尿在寶特瓶裡面？很臭。母親突然看著我，臉色為難。

我說好。

她又問，能不能洗個頭？

我安靜一會兒，然後說好。

她又問能不能考慮打工？便利商店好嗎？還是要來貓旅館？

我沒有說好，也沒有說不好。

不知道是太久沒出門引發的頭暈還是其他緣故，我總覺得整棟房子都在搖晃。那讓我想起遊戲裡面，島嶼割讓土地的故事。兩個市長在螢幕裡穿著西裝簽約承諾，通常有一方是輸家，由於沒有經費繼續建設領土，最終不得不割去城市裡的某一區塊進行交易。角落會跳出對話框：從今天開始，你們就是另一座島上的市民。

隔天早晨，母親用力敲我的房門。她歡呼著政府發了補償金，我們終於可以搬家了。

我不知道從這座島到另一座島的日子，島會不會有新的一張臉。

也許會，也許不會。就像我跟建國做的旋轉島，白日跟夜晚有各自的模樣。白日跟夜晚有一天終究會見面嗎？

我蹲在便利店的冷飲庫補啤酒，內心回想著這一場島的遊戲。

店長用啤酒箱卡住倉庫跟冷飲庫之間的門，他問我總是獨來獨往，這麼宅有朋友嗎？最好的朋友是誰？

我回答是一個叫李元芳的女生。射手座，喜歡穿黑色胸衣跟血紅色斗篷。

店長賊笑地看著我說，哎唷，問你朋友而已，講女生幹嘛，是要讓我們這些人羨慕是不是。

我不再把話題聊下去，但一邊笑著整理啤酒。

外面的天空不知道在什麼時候變成淺灰色的。我聽見下雨的聲音，曾經的那些水滴。

這場假裝遊戲的遊戲，已經徹底結束了。

親愛的神大兵

大兵，或是李元芳。

怎麼樣稱呼你才最合適？

你一直都是穿著李元芳的裙子去參加動漫祭的。上假髮，上披風，你出門前總是回頭看著我說，老娘現在要去和世界過招。

那天早晨，我好像在家看到了你，又好像沒有。

心裡覺得奇怪，照理說，此刻的你應該正在軍營裡。我望向前方，用手抹開充滿潮濕蒸氣的浴室鏡子。

那裡面正有著一張和你如此相似的五官。

自從去了幾次性別諮商，也注射荷爾蒙，老朋友們都說我愈來愈帥氣了，甚至跟你有點像。

照鏡子的時候，朦朦朧朧，短暫一瞬間，某一種跌入時間裂縫的錯認。

我欣喜，以為看到了你。

但是，真正看到你的時候，發現一切都只是腦海幻象。

那條往銀松森林的路上，你留著極短的寸頭，鼻子上還有一兩顆紅腫的痘痘。你不是我。我也不是你。此刻的你，眼中一點光輝都沒有了。充滿星星的那雙黑色眼瞳，此刻卻像亡靈哨兵。

我跟母親坐在駕駛於陡峭山坡上的公車，要去軍醫院。醫院門口那幾個招牌大字我不敢抬眼看。

我以為那是通往幽暗城的窄路。

靈靈靈，家裡電話響。他們要你像《魔獸世界》裡面的國王瓦里安。驍勇善戰，勇闖敵窟。我想那根本不是你，你怎能做到。

你聽見了嗎？

遊戲開始的旁白音效，說著：「親愛的神大兵，首先歡迎你加入《魔獸世界》。在此處的六個月時間裡，若想通過軍營菁英部隊的考核，你們這些亡靈哨兵，必須證明自己的價值。你很可能在證明自己價值的任務中喪命，勸你最好三思而後行。」

母親從紙袋裡把麥當勞吉事漢堡套餐拿出，吸管插在大杯可樂遞向你。你接過還溫熱的漢堡，傻笑，嘴裡喃喃自語。

我想起你坐在電腦前，曾對我微笑眨眼。姊你知道嗎？幽暗城就是啊，百分之九十，住著被遺忘的人。

螢幕上穿著全套盔甲的士兵們正大批捲土襲來。

鐵門、鐵窗、鐵鎖鏈。

你說耳朵裡面一直有聲音，很吵。

大家跑步一二一二喊著固定節奏的時候，有人在你耳邊說話。

所以，你就放聲大叫，為什麼要來打擾。

母親問你，還有什麼時候聽到聲音？

你沒有回答，繼續說著。他們說我吵鬧，影響團體秩序，把我關到禁閉小房間，耳朵裡面的聲音又變更大了。

聽說穿著白袍的熊醫生，圓圓滾滾，走起路來褲子會被屁股縫吸進去。

熊醫生為你一對一診療的時候，總是這樣問你，你還好嗎？你說吃藥，然後做夢了。

他問你夢見什麼。你說夢見爸爸把你吃掉了。一口，一口的，四分五裂的被吃掉了。

為什麼要吃掉你呢？

爸爸說，你不配當我的兒子。

母親聽了，轉頭抱著我哭。

我只是質疑，開往北投的公車怎麼會開往幽暗城，這裡簡直是迷宮。

你還記得，初次靠近幽暗城的路嗎。

大概是十歲，我們一起在文具店偷東西。

你的慾望起點其實很小，是文具店的一塊橡皮擦，然後才是哈比書套、原子筆。後來，腳踏車，手機，錢包，別人的伴侶。

豔麗的，華美的，都想要。

我也想告訴你一些，我們各自分開生活那幾年所發生的事。

剛開始要戒掉偷東西，真的是一件好難的事。眼睛盯著桌上的東西，手不能伸出去，卻有看不到的什麼像是給我的掌心搔癢，好癢，好癢。

我只好不斷用冷水洗手，讓我的雙手有事可做。

抹抹肥皂，用力搓一搓，忙一點，也就過去了。我透過這樣的方式訓練自己，忍耐著慾望。

過了很久，真的完全戒斷了所有念頭。

伸手就要，是一種罪嗎？

他們說你用步槍用力敲腦袋，有點腦震盪。

那麼聽了我的這些話，你是否能想起我們童年曾經發生的事呢？

大兵，我們現在要真的進入幽暗城了。

那時候整條高速交流道下，像河流一樣川流不息的長街，都是霓虹燈管檳榔攤。閃動的琉璃裡面，有個女孩是你的好朋友，你不吃檳榔，但你總是向她買菸。有誰不喜歡斯文的你呢，尤其是年輕女孩，她們都想接近你，跟你聊天，跟你交朋友。

後來，我在一個馬來西亞導演的電影裡看到我們長大的那條街。

電影裡的那條街還下起了雪。

真是奇怪，臺北是不下雪的。

在我記憶裡，冬天最冷的溫度也不過五、六度，唯有一次濕度偏高，傍晚時分街道從天降落細微的白色的霰，小孩們都走到街上看雪花不肯回家。

說到這裡，不曉得你想起來了嗎？那是在檳榔攤工作的朋友，美美。

第一個為你擦唇膏的女孩。

我們跟美美一樣，都住在通往臺灣南方必經的高架橋快速道路底下的舊公寓。附近還有製紙工廠、印刷工廠、木板工廠。日光底下的那條街，充滿熱氣、汗水跟鐵鏽味道。鄰居都在油漬裡持續衰敗灰暗。

唯獨你沒有。

你清秀漂亮，骨骼體態良好。

我小時候最大的願望就是變成你。

小學畢業前夕，你就懂得替自己染髮。那些藥妝店買回的快速染髮膏，抹在頭頂，用保鮮膜包覆，在客廳走來走去。沒多久，就出現像明星的造型。

訓導主任在校園裡面追著你跑，拿著大聲公在你背後怒吼。不要以為你姓金，就可以把頭髮染成金色的。學校有髮禁，你還是學生。給我搞清楚。

大兵，心疼你的頭髮。

應該很不習慣吧。

還記得出發前幾日，我們一起整理行李清單。

我們坐在客廳地板角落，清點該帶的東西，徵集令、身分證、健保卡、印章、銀行的存摺跟學校的畢業證書影本，一些家裡抽屜常有的藥，普拿疼、胃藥、小護士藥膏、萬金油，還有毛巾、衛生紙、刮鬍刀、指甲刀、牙膏牙刷、洗面乳、夜市買回來的便宜電子手錶和小手電筒。

最讓你不能接受的就是三合一沐浴洗髮乳。

你說，殺了我吧，直接。

頭髮跟臉跟身體，怎麼可能用一樣的東西從頭洗到尾。

我的臉會爛掉的。

還不能擦防曬，感覺會沒有時間可以塗臉的保養品。

當然，又不是去旅行。我說。

但這樣收包包，真的很像去旅行。感覺要去地獄了。你說。

我看著軍方發的資料，上面還寫著請攜帶個人照片。不知道為什麼當兵還要帶個人生活照片，你很久沒有拍照了，自從發胖以後。那時，我還思考著是不是應該要給你一些零錢、提款卡或電話卡。

過沒多久，你就打電話給媽媽了。

用的是零錢投幣的傳統電話。

你說，放手機跟行動電源的塑膠小包被班長鎖在櫃子裡，本來一個禮拜只有一小時可以用。但是，班長把其他人的都還回去，唯獨只有自己的，還鎖在鐵櫃子裡。

媽媽問，吃的睡的，都還好嗎？

很多人用運動品牌的三合一盥洗劑，就是那種洗頭、洗臉、洗身體三種一次全包。還有人帶鞋油，很方便，我沒有，只能用借的。

話還沒講完，電話就斷線了。

電話斷線以前，你很快速地說，周六早上懇親日想吃麥當勞。

見面的時候，你說五十個人躺在一起，好奇怪，又不是監獄。

每天都好早熄燈，可是根本睡不著。天天失眠，隔天全身痠痛。

媽媽問那有得吃早餐嗎？

饅頭或是很稀的粥，有抹布味道。

媽媽說，這是修煉一個人心智跟體能的階段。他們不是真的跟你有深仇大恨，肯定不是要為難你。只是考驗你的毅力，培養你的耐力。很多時候，睜一隻眼閉一隻眼，不就過了嗎？

瞬一隻眼閉一隻眼，不是蔡依林的歌詞嗎。好想出去，不想繼續待在這裡。浪費時間。你說。

那你現在馬上出去要做什麼重要的事嗎？

沒有什麼重要的事。我只是不想跟別人一起洗澡。

洗澡時間不夠嗎，還是洗澡間不夠。

沒有不夠，有時候兩人擠在一間洗。我不想要。

好幾次我正要關門，門都被用力拉開。不然就是從上面給我淋水。

之後，打電話回家的就不是你了。

軍營裡面一個陌生的男聲。他說，你開始用頭撞牆，沒有人知道什麼原因。其他人站安官，看書、練字、寫槍枝管制本。大家都好好的，就你不配合。

隔了很久，你再打來的時候說，好像要被送進禁閉室。

你說，頭頂在流血很痛。醫務室只有簡單包紮，說頭頂破了，血沿著額頭跟臉頰流下來。

班長想朝你揮拳，說你畜生。對著你吼，有些人是不想當兵還是真的有病。你沒辦法接受有人朝你的鼻子怒吼，還把口水噴在臉上。

禁閉日子，你還是跟著部隊時間起床。每天都要立正面壁三十分鐘，開合跳一百下，伏地挺身五十下，還得繞著操課室跑二十圈。

你說，禁閉生身上沒有手錶，不知道今天是禮拜幾。班長抓著你的頭說，你不乾淨，給你剃頭，讓你沖涼水。班長大吼，拿剃刀來給他剃得更乾淨，讓他認清自己是來當兵不是在逛西門町。

班長找人去搜你的個人物品。發現一些女孩的東西，那些你的玩具還有你珍藏的一些公仔。

給我帶這個進來軍營是啥玩意兒。

假髮、蘿莉裝是不是。很想被幹是不是。

他拿著你的洋裝在淫笑。

所有人也跟著呵呵大笑。

你一點都不怕，直衝衝走向班長，用自己的額頭狠狠撞上他的額頭。

不是什麼蘿莉裝，是李元芳。

班長被你嚇了一大跳。

跟上面通報你行為不檢，妨害風氣為由，送到禁閉室。

一次就是五天。

五天，都要寫悔過書。

一天一封。

但是他們並沒有收到想像中的悔過書。

每一封信，都是寫著你想死的意圖。

過了幾天，你又被關起來。

這次是二十天。

那時候總統大選，外面的世界很忙很亂，沒人注意你發生什麼事。

有一個到作戰部支援戰備的學長說，你在裡面很出名。

打開你的悔過書，二十篇。

扣除掉有十篇想死。另外十篇都是一些看不懂的小作文。

比方說，中和的永和路沒接中和的中和路，永和的中和路有接永和的永和路，中和的中和路有接永和的中和路，永和的永和路沒接中和的永和路。

班長說，這寫啥。用腳一踢，把你踹到牆角。
你說，饒舌歌詞。
班長說，所以哩，音樂才子，在部隊裡面關禁閉還能搞創作就是了。
你說，想回家。

後來，班長被你弄得煩了。
你天天撞牆，頭頂的傷口破了又破。說是怕你死在裡面，還得承擔責任。
過沒幾天，就給你轉送軍醫院。

醫院的大廳，你還是吃著麥當勞。
趁媽媽去洗手間的片刻，你突然用力拉著我的襯衫袖口，靠近你的身子。
姊，我演得像不像。
我一時之間沒弄清楚，我說什麼東西像不像。

你笑著，搖搖頭說，沒什麼。
我轉身的時候，聽到你傳來很大的笑聲。
像不像，像不像。
然後，你徒手打著玻璃窗，整個窗戶全都碎裂了。
那些玻璃碎片散落一地。

醫院裡，竟然所有人都很鎮定。只有櫃檯的行政小姐抬頭驚呼。看起來年齡很大的老護士，靜靜地說，現在要回去了喔，探望時間結束喔。
你走在長長的迴廊，忽然再轉頭看了我一眼，又笑了。

每天要吃兩次藥，白色大顆的一次，藍色的兩次。
從醫院回到家以後，還是得繼續吃藥。
家裡人都睡了，只有你未眠。

父親說他半夜起床尿尿，看到你披著披風，坐在客廳電腦按滑鼠。

殺，殺，殺。

你用力敲打鍵盤，嘴巴大聲吼著。

對門的鄰居通報社區管理員說有瘋子半夜吼叫，吵得讓人不能睡覺。趕快報警抓人。

管理員來按電鈴的時候，你忽然從電腦椅跌落在地。

眼珠子瞪得老大，大吼，我是王都密探，李元芳。

你們全部人，一個都休想走。

今天不是你死就是我亡。

父親說你衝進廚房，拿了菜刀。

過沒多久，家裡收到免役通知單。

可是，廚房所有的菜刀剪刀都消失了。不曉得跑到哪裡去，也許父親把它們全扔了，也或許只是那些刀子，莫名其妙自己消失不見了。

你繼續恢復在家打電動的日子。
不會在客廳大吼大叫。
只有在動漫祭或和好友見面才會穿上李元芳的披風戰袍。
比出美少女戰士般的舞蹈手勢。雙手交叉，大喊：超能力。

那首遊戲的主題歌好像是這樣唱的：
你是否有超能力，
噢我好想代替月亮消滅你，
Biu Biu Biu Biu Biu Biu，
你的偽裝實在無人能及，天下無敵。

大貓

大貓跟我說，他近來每個周末都搭捷運轉公車去社子島，照顧他阿姨。聽說阿姨總是邊吃焢肉飯邊哭，幾小時過去，便當吃不完，回憶也說不完。陳年往事就放在便當盒裡變成剩菜，收進冰箱，隔餐又拿出來加熱。

初次跟大貓去社子島拜訪阿姨，她喊我先生。

對於這樣的誤會，不知道是基於禮貌客套或當時對於性別認同的迷惘，我並沒有立即否認。站在玄關，我還偷偷想著，如果阿姨不只叫我先生，還能像早餐店老闆娘邊在鐵板上炒麵邊喊我帥哥進來坐就好了。

阿姨穿著卡通圖案的棉質家居服走到大門口，拿起橘色水管在家門前為樹木和盆栽灑水。大貓低聲跟我說，那衣服肯定是居家照護員或志工大姐換上的，阿姨極度愛美，年輕時候的她，即使只是站在家門前澆花剪枝葉還要換外出裙子，臉上拍點粉餅。

阿姨緩慢轉身，抬起大腿，太空漫步。

左腳，右腳。左腳，右腳。往前行。

雙腿顫抖，雙頰凹陷。

我不知道人活到了老年階段，是不是通通都會變成這樣，不管再怎樣努力由下往上奮力拍打雙頰，勤按淋巴穴道，細紋橫向生長，臉皮鬆弛。只要不笑，就看起來一副喪氣模樣。

跟在阿姨背後，大貓看著我，我也看著大貓。

我不敢想像自己的老年。我看不到自己未來的臉，但我能看到大貓的。他體格壯碩，兩條手臂都是肌肉，彷彿天底下沒有他扛不起的責任。

從門外走進屋內，放眼望去的空間實在讓人驚訝，我幾乎找不到任何一塊可以稍微坐下來休息的地方。吃剩的保麗龍便當盒子堆在角落，早已挖空的貓罐頭，布滿灰塵的過期報紙，被水壺壓扁變形的老花眼鏡。明明超過三十坪的屋子，天花板滴著水，滴滴答答，昨天下完的雨，今天還在漏。

三十七度的夏日，一只搖晃的電風扇在牆柱邊不情願似的轉過來又轉過去。屋內實在太熱，我往廚房的方向走，想洗個杯子倒點白開水解渴。瓦斯桶橫躺在紗門旁，牆壁根本不是水泥磚塊，是鐵皮。屋內的隔間也只是幾塊極薄的木板。

水壺舉起來輕得要命，壺內卻傳來隱約窸窣聲音，未開先猜，絕對不是液體。拔起壺蓋一看，竟有兩隻蟑螂把身體緊黏在水壺內側。

牠們騷動觸鬚，先看了看彼此，再看了看我。

我把壺蓋蓋上。

噁心的東西。

我曾在其他地方聽過這句話。不是在打蟑螂的現場，是在學校通識課的大教室。

大學通識課，總有不同科系的男男女女聚集在管理學院的大教室。那堂課是勞動與法律概論課程。有些同學想去外商公司做人力資源管理，其他同學只是純粹為了湊畢業學分。而我，那時在西門町一家日本服飾店送貨，老闆總是在月底的薪資條上巧立各種名目，地板不夠乾淨，衣架沒有確實歸位，送貨速度太慢，東扣西扣，業務獎金、加班費全泡在他有口臭的牙縫。老闆把薪水袋扔在桌上說，他最大。我老覺得，他最大這三個字聽起來意有所指。哪裡大呢。

我不服氣，坐進通識課堂的大教室，試圖在勞工福利的教材跟課堂簡報裡面，替自己尋找一些合法的條例，保障自己少得可憐的薪水。整學期，我幾乎沒跟座位附近的同學主動打招呼或多談談自己，直到期末的分組報告，終於有不得不開口的環節。

大貓就是在那個時候，成為我的好兄弟。

什麼招呼也沒打，他一屁股坐下就把書包隨意丟在旁邊的空座位。我心想，這人搞什麼東西啊。他也不自我介紹就水龍頭轉開嘩啦啦那樣說起來。

你知道嗎？我第一次看到一群女人的裸乳，是在我讀國三的某個夏天喔。

色情片？我假裝鎮定回問他。

不是。好多沒穿上衣的女人啊，就在臺大醫院旁邊那條公園路。她們站在移動的宣傳車的舞臺上。那輛車在城市中心的街道繞來繞去，那些奶子也晃來晃去。奶子轉彎，回來。轉彎，又回來。哇，那臺車好猛，往前嚕，往前嚕。用一種極緩慢的速度前行。車上的女人都拿著大聲公對騎樓的行人吶喊叫囂：我們要爭取自己的權力！我們要站出來！現在就是時候！

所以，她們是在抗議？

我記不得了啦。總之，就是很多女人的身體喔。那時候已經快要秋天了，連路上賣口香糖跟胡椒餅的大伯也戴毛帽穿衛生褲。但是，她們好像都不會冷，一直喊。

怎麼可能不會冷。

我要說的不是冷不冷，她們很勇敢啊，你不覺得嗎？你想想，太陽下山的時候，她們的身體就像向日葵一樣。搖擺搖擺，張開張開，真的像花一樣。以前聽梅豔芳唱〈女人花〉，覺得好苦情喔，但是那天想到這首歌，卻覺得一點都不悲情。

女人花，搖曳在紅塵中。女人花，隨風輕輕擺動。

大貓完全不理會身旁坐滿了其他同學，在我耳邊唱起來。

他口中那群，裸著上身，袒露乳房如同向日葵綻放的女子們，有褐色花盤般的乳頭。擺動，張開。聽說女人們直到太陽完全下山才解散，消失在城市裡。

噁心的東西。後排一個法律系的男生朝大貓的頭頂罵。

你說誰噁心？

我說你啊，講那些不堪入耳的話，現在還是上課時間。要聊色情話題，還是要把妹，最好等下課吧。不要干擾其他同學，大家都在認真討論團體報告。

我不覺得噁心，他說的其實是街頭運動啊。我朝後方那個配戴金絲邊眼鏡一臉正經斯文卻兩眉緊皺的男生回應。

嘻嘻，就知道你會懂我的意思啦。我叫大貓。我們一起分組報告吧。大貓揮舞手中的上課講義，幾滴汗水沿著髮際線流下。

這時我才仔細看清楚大貓的模樣。皮膚黝黑，鬍子跟毛髮都旺盛生長，從短袖T恤露出的兩條手臂有嚴重曬斑跟色差，少說也有三個色階。真不知道是怎麼曬出來的，這種程度除非是長期泡在海邊衝浪的海灘男孩，不然就是在工地搬磚，曬傷，脫皮，皮膚發紅。

不會臭啦，我沒有臭摸摸喔。我只是很容易流汗，不相信你聞。大貓把手舉高，袖子往上跑，露出腋下跟腋毛。

這位同學，有什麼問題嗎？通識課的老師朝我們走過來。

老師，我們期末報告可以實際去走田調一次嗎？

你們想做什麼題目？能親自去跑一遍當然好。去年我收到兩組報告，從標題到內容都一樣。你們上一屆的，剪下，複製，貼上。全部給我剪好剪滿，貼好貼滿。有夠感心。

我們想做社子島研究。大貓不等我開口就自行回答。

那真的要跑一趟。跟你們說，社子菜市場裡面的赤肉羹麵好吃喔，在一攤賣魚的斜對面。你們白天去田調，下午去就有得吃了。老師低聲給我們許多建議，轉身前還不忘對我們眨眨眼。她穿著一件墨色軍褲，頭上是近乎平頭的超短髮。

你不覺得老師很帥嗎？大貓說。

啊？是……是很帥沒錯啊。我有點尷尬。

所以你也要，勇敢一點。知道嘛。

大貓的聲音被下課的鐘響鈴聲蓋過去，但我確實聽到他說出的每一個字。

對，勇敢一點。

我低頭，把水壺拿到廚房流理臺，用水柱沖向壺內。果然，那兩隻蟑螂急著衝出來逃跑。我拿起報紙猛力往牠們背上拍，能拍多扁就拍多扁，能拍多大力就拍多大力。

用肥皂泡沫把水壺內外徹底洗過，裝水，將壺擺上瓦斯爐等待水滾。

我坐在廚房的小凳子，轉身看著屋內的擺設。阿姨獨自一人居住，櫥櫃裡的鍋碗瓢盆們都顯得特別空洞孤單。

聽說姨丈過世後，阿姨老是想不起以前的事。

不是人到了郵局，發現存簿在家，就是人到了銀行，密碼全部忘光光。她天天勤勞地給植物提供水分，自己體內的養分倒是漸漸流失。

整理完廚房的雜物，我還想替阿姨多做點什麼。來到社子，不只是完成通識課的一份期末報告。

我說，阿姨，我幫你拿衣服到後面去洗。好不好啊？

什麼玉米筍子，我不吃、我不要。阿姨回答。

我把洗衣籃裡的衣服拿出來，在她面前比劃搓揉。

衣服，洗衣服。

阿姨說，不用啦，又沒有髒。

我肯定自己眼睛看到的，好幾件上衣的領口、貼身內褲還有毛巾，都囤積沾染褐黃色的汙垢。那些汙垢的邊緣有些爬著螞蟻，有些看上去是風乾的不知道是鼻屎還是什麼昆蟲屍體。

我把洗衣籃拿到後院的時候，大貓就在客廳跟阿姨聊天。

遠遠望去，阿姨的背影很像一些茶餐室或咖啡館的流浪貓。看起來並不真的為生活煩惱，但確實活在旁人所見的煩惱裡吧。

水燒開，壺在爐上嗤嗤叫。

阿姨也走到廚房揮舞雙手嚷叫。

她說昨夜裡救護車和消防車都開進來了，巷子尾端一對夫妻大打出手。太太說要離婚，先生掐著她脖子。啊，他們家好像還有一個兒子，很久沒看到喔，長得白白淨淨的，還是大貓的小學同學。那兒子突然滾著瓦斯桶衝出來，大喊要死一起死。

結果呢？大貓看向阿姨。

根本不用什麼救護車，用不到。住我們對面那個阿猴，打開窗戶對他們喊，三更半暝衝啥小。我還有錄音起來喔。阿姨微微彎腰，從罩衫口袋拿出一個老式錄音機，按下播放鍵。

衝啥小，衝啥小。聲音背景還有連續響著的救護車音效，哦伊—哦伊—錄音機傳來粗鄙的髒話，連綿的鳴笛，還有黑夜裡遙遠又無助的呼喊。

我看向阿姨掌心沉甸甸的機器，現在還有誰在用這種老式錄音機呢？我只在網路影集的穿越劇裡面見過這玩意兒。女主角跟男主角往錄音機裡插入搖滾天王的音樂卡帶，戴上有線耳機。閉上雙眼，嘟嘟—嘟嘟—隨著伴奏響起，他們穿越時空，回到九〇年代。

揉揉眼睛，從阿姨家的窗戶向外望，沒有變速功能的腳踏車斜靠在老式破舊的湖綠色紗窗，附近盡是印刷廠，修車廠，這一端的小廟正在收驚，遠處的小廟有神明起駕；垃圾車駛過巷子路口，房子地板下隱藏的彈力球，彷彿被悄悄按了幾下，整間屋子上下快速震動。

整個社子島，有一種被按下暫停按鈕，時空凝止的錯覺。

離開阿姨家之前，她從房間抽屜拿出一卷又一卷的錄音帶交給大貓，上面標示著多年前的日期時間。

大貓神色凝重地把這些音檔置入牛皮紙袋，再收進隨身書包。

我暗自猜測錄音帶的祕密，試圖藉由想像去拼湊另一個大貓。扣除同學身分，大貓的家族是否存在什麼不可告人的往事。

政治犯？

地主二代？

龐氏騙局的受害家屬？

牛皮紙袋裡的那幾卷錄音帶肯定有祕密。

我不喜歡錄音帶，從小就不喜歡，甚至應該說是疑惑和懼怕。小時候陪母親去黃昏市場的時候，市場通道入口放了一臺錄音機，一支大聲公。

快來快來，快來買。通通都有。通通都特價。

重複播放的叫賣聲音喊著豬雞牛羊，婦女束腹兒童內褲的特價品。

有一次不知怎麼搞的，播出來的根本不是叫賣聲音。

一樣的錄音機，一樣的大聲公。

快進來！啊啊啊，啊啊啊，快，快，快。啊，啊，啊。

走在黃昏市場裡的所有阿嬤阿嫂都漸漸停下移動的腳步，往市場口的大聲公望去。

那只機器仍無情無感卻暢快非凡的繼續播放。

母親用手掌心捂住我的耳朵，那聲音仍持續水流般灌入我的世界。

快進來！

菜市場最角落的豬肉攤的太太，手上還握著菜刀，以跑百米的速度，衝向市場通道入口那臺錄音機。她按下暫停鍵，飛快把錄音帶抽出，在原地把錄音帶兩隻耳朵內的磁帶用力抽出來。

那是平常剁豬肉的氣勢，抽抽抽，像是抽腸子，大腸小腸，裡面的塑膠磁帶很快變成一團球狀物，如同平常剁掉的充滿淋巴結的肉團。

後來，我才知道那是叫床的聲音。

不，我不該去回想錄音帶跟豬肉攤的事。大貓的那些錄音帶裡面肯定都是認真且正經的故事，絕對不是什麼情色玩意兒。

第二次去社子島之前，大貓倒是先約我去聽張惠妹演唱會。

小巨蛋的幾個入口，被身著螢光色背心和牛仔短褲的年輕男女包圍，我心中感到有點懊悔，氣惱自己竟然穿著一套簡單的休閒運動服。

大貓結實壯碩的身體被包在一套緊身的白衣白褲。我看向那件對他來說相當迷你的白色上衣，竟然不只是白色而是有點半透明的網織洞洞裝。兩個乳頭雖沒直接蹦出來跟世界打招呼，倒也若隱若現，鬥鈴般叮咚閃耀。

所有粉絲在音樂跟聲光特效中站起來，跳起來。阿妹唱到〈彩虹〉這首歌的時候，不只是大貓，幾乎全場男女揮舞彩虹旗幟，張開雙臂，跟著樂隊伴奏同步唱。大貓一把拉住我的手，用高分貝的尖叫聲吶喊：不要害羞了，趕快站起來啊。

我看著黑暗中搖晃的那些彩虹光點，大家穿得如此清涼，卻各自從身體裡面變出小道具。褲子口袋，胸前，甚至腰帶，額頭上的髮帶，全部都取下來變成了翩翩飛舞的彩虹緞帶。

我從未跟大貓提過任何私密心事，為什麼他能懂我在想什麼呢。他看得出我的苦悶和拘謹，在系上，在學校，在社團我一律不出櫃。

我把自己深鎖在櫃子。

額頭頂著膝蓋，後腳跟頂著生殖部位，縮得好小好緊，把自己卡死在鐵櫃內層。

演唱會後熱騰騰的宵夜裡，得知大貓根本不是同志。

午夜前的十分鐘，他盡情傾訴，甚至講了很多心靈短語和雞湯造句。那些句子串來串去，變成葡萄園裡的藤蔓，他還想用這些枝條套住我。但我只感到四周環境的空氣變得有點凝重，額頭的汗水滴落在桌面。

談起別人的不幸，他臉上的肌肉放鬆又隨意。

有一次，我在學校圖書館五樓的影印機列印報告，我看你就站在影印機外面那條窄窄長長的走廊。雖然不知道你是什麼科系的，但你看起來很沮喪。大貓說。

又不等我回答，他繼續說起來。

以前，大概讀小學的時候吧，具體時間我也忘記了。我跟班上一個叫阿猴的男生，把我們班功課很好又很安靜的男生拖去角落阿魯巴。

男生之間阿魯巴？以前我們學校也有啊。

不一樣。那個男生平常好斯文喔，他被阿魯巴之後的反應很奇怪，他倒在地板笑，還直接把自己的制服褲脫下來，拉阿猴的手去摸他小雞雞。

所以，不是打打鬧鬧的遊戲？

我們本來覺得是啊，就惡搞。但是大家都有點被他嚇到了吧，升國中之後他就常常不來學校，聽說……

聽說什麼？

沒有啦，反正，他現在就在我阿姨家前面那條巷子的便利店打工啊。那天騎摩托車經過還有看到他。

你們還有聯絡喔？

沒有，他這邊好像怪怪的。

大貓用食指併中指在太陽穴旁來回轉了轉。

你跟我講這件事幹嘛？

好啦。我直說。看到你站在圖書館外面，以為你要跳樓啦。你又不是不知道我們學校那個位置，之前都有案例。

咻咻咻，大貓又伸出食指併中指，做了往下的動作。指甲末端墜在速食店的桌面，發出幾次規律冰冷的聲響。

總之，不要愁眉苦臉，你有權利可以當一個快樂的人。剛剛阿妹不是有說嗎？我們還舉起手隔空跟她打勾勾約定。

我看著餐桌上沒喝完的可樂汽水，吃到一半的薯條跟撒出餐盤的胡椒鹽巴。抬頭望去，店內的日光燈管在突來的晃動裡忽明忽暗。

有哪裡不對勁，有什麼東西錯了，我像是近視眼的人被戴上老花眼鏡。

模糊，胸悶，噁心。

我感到難以呼吸。眼前根本不是什麼大貓。

這屋子裡有大象。

遠遠地，遠遠地，角落的大象低垂著長鼻。

大貓的嘴裡我好像是一個倖存者。

我拿著沒喝完又沒氣的可樂走進更深的夜裡，整個人也沒氣了。不曉得是在演唱會站太久雙腿疲軟，還是因為可樂裡面溶著大貓、社子島、圖書館、跳樓、出櫃，所有關鍵詞一起在胃裡滾動翻騰。我不確定大貓在我眼前跳著彩虹節拍的意義，是討好、是關心，抑或是他在年少時曾霸凌一個男生，又在長遠以後的某日試圖在陌生人身上建立一種反省與補償。

大貓與社子島在我心中持續膨脹，變成一團籠罩世界的灰霧。

再度拜訪阿姨那天，我們先到社子菜市場的魚攤買了兩條白鯧，豬肉攤買了五花，蔬菜攤買了馬鈴薯跟紅蘿蔔，最後肩並肩坐在市場麵攤的小凳子吃現煮的香菇肉羹麵。大貓的喉嚨發出咕嚕咕嚕的聲音，整碗麵全部吃光後，再用筷子往嘴巴內戳著牙縫。他抬頭問老闆娘有沒有冰茶，老闆娘端來冰的麥茶，他一口飲完，眼神緩緩飄向很遠的地方。

嗝。

混雜口臭的麵渣味飄散在空氣中。

提著大袋小袋抵達阿姨家按門鈴，她用拐杖抵著門不讓我們進屋，嚷嚷說要去看海。

這裡哪有海？

等我回過神來，眼前風景是午後滿潮時光。零星的釣客，站在河邊舉著直的彎的釣竿。彎的釣竿不時激烈搖擺。不可見的混濁的褐綠色水面下，有魚正吞鉤，鉤子刺進嘴巴。

水面下方有掙扎，水面上方有吶喊。

大貓朝水邊喊著：鱸魚啦。

不知道誰回應：金目鱸喔。

消波塊上一人拿釣竿，一人拿魚網。

您娘，這尾大隻。

我的才大隻。

魚是什麼時候上鉤的呢？

釣客把鱸魚高舉在身體正中間，拿出手機跟魚自拍合影，過一會兒又把魚放回水裡。

島頭水邊，魚來了，魚走了。

大貓把阿姨的折疊拐杖打開，神奇的事發生了，拐杖的中間竟然有一方小面積，看上去像是板凳的椅子。阿姨坐在上面看著釣客、河水和遠方。

大貓的手緊緊握著拐杖後方，似乎是深怕拐杖的穩定度不夠，也或許是想用自己的力量支撐阿姨的身體。

遠遠望去，阿姨，大貓，拐杖三者的側影，像是水平面上的一道三角函數公式。衰老的人是斜邊，年輕的直男是直角邊。我不是斜邊，也不是直邊，也許我是位在其中卻不知在其中的孤獨的四十五度角。如此邊緣。我明明不屬於這一家人的一份子，卻被攪和、混入他們的家庭關係。

離水邊那麼近，也看不清楚水與河岸的邊界。

等我明白這一切，已站在學校的展覽室。

不知道在什麼時候，大貓早把期末報告獨自寫完，還把阿姨那些神祕的錄音帶交給通識課老師。老師在展覽室裡弄了個小黑屋，讓參觀的學生必須親手拉開厚重的布簾，走進更黑更窄小的空間。

踏入小黑屋，不因黑而恐懼，卻感到生和死的界線很模糊。那裡面什麼也沒有，唯獨牆上投了一面光，擺了一臺老式錄音機。而空間裡的黑色卻跑得那麼急那麼快，像是急著趕路回家。

每當有人走到指定區域，光影偵測系統彷彿能感應到什麼似的，錄音機會開始自動循環播放早已預錄的女音和男音的對白。

女音是阿姨的聲音，男音似乎是姨丈。姨丈的聲音在展覽裡到處迴盪，從牆柱角落的音箱彈出，降落地面。

牆上有大貓的手寫字跡：

紀念無名者，比紀念知名者更難。

在離水邊最近的地方

做遠方的夢
或在離夢最遠的地方
決意騎馬
只是
軟弱的
在水面躺下的，身體
終於
變成了河

這是大貓寫下的詩句嗎？難道大貓也有這樣嚴肅惶惑的一面？

在嘻嘻哈哈的聊天交談以外，他從不曾提過死亡的意義。如果說死亡不是數字或符號，一個人轉身離開世界的時候，馬兒會踩著石頭沙子奔跑嗎？烈火會把時間燒開嗎？

原來，大貓是要讓無名者現身。

小黑屋裡重複播放社子島的命運，土地的故事，來來去去的颱風與爭執。聲音迴繞一整個夏季，直到學期終止。

我對大貓的印象，除了野蠻生長，還多了哆嗦悲傷。

學校畢業後，我跟著地方電視臺去印刷廠拍攝印尼移工的紀錄片。竟然看見大貓從印刷廠後面的小房間走了出來。

他手上拿著一本小學國語課本。

Ahmad，拜拜。工作加油。大貓對著角落膚色稍深的男子喊著。

我才發現大貓跑到勞工協會教中文。

他說，這裡需要翻譯的時候就會來幫忙。不只印刷廠，其他有些學生在香菇工廠、紡織廠或食品加工廠。如果跟雇主溝通不好或受傷，他就會過去幫忙翻譯。

我問大貓，阿姨呢？

阿姨已經去跟姨丈見面了。大貓指了指天空。

他把手機打開讓我看相片集裡的幾張照片。螢幕出現一個微鬈黑髮、眼光犀利有神的男子。這是 Hadi，他在食品工廠處理菠蘿麵包喔，很好吃的那家。右邊那個是 Ali，他在臺中採杏鮑菇，還有這是 Ahmad，你剛剛看到的那個。他們都是我的學生。

我用手指放在觸控螢幕，把照片放大再放大。

那個叫 Ali 的男孩子，看上去絕不超過二十八歲，手上一圈又一圈纏繞著白紗布。他舉起的手幾乎不能稱為手，而是肉團似的，面目模糊的肉塊。

我把照片關閉，將手機還給大貓。我實在不忍心繼續看下去。

大貓看著我，沒有多餘的安慰，只是靜靜地說，會好起來的，總有一天。

我把手搭在大貓的肩膀上，表達我的想念。他轉頭看了我一眼。

你這是 serigala miang。

什麼意思？

色狼，哈哈。

街邊的光線從窗外朦朧地透進屋內，把大貓的側影照得發亮。我拿起鏡頭，觀景窗裡的大貓是金色的。一種純粹的金色在時間裡遊走，穿透灰塵與混濁的空氣，緩緩地降落下來。

零件青年

左邊那個？

不是，再左，再左。對，最旁邊那個。就是我。

科學園區的清潔阿姨把下滑到鼻頭的眼鏡推回鼻梁，過不了多久，缺乏支撐力的凹陷的鼻梁骨和油膩的皮膚又把老花眼鏡帶回鼻頭。

好，給你介紹個漂亮的，包在阿姨身上。

阿姨狐疑地看著手機螢幕裡那一個被美顏ＡＰＰ過度修圖的我，齒列整齊，皮膚發光，鼻型高挺，再轉頭把我從頭到腳來回打量幾次。最後，她舒展緊皺的眉頭，收起手機，對我眨眼。

從阿姨的老花眼鏡看向照片裡的我，臉上的痘疤跟泛紅都模糊了點，不過，朦朧的輪廓也依然能判別這傢伙絕對不是個帥哥。

照片裡還有我的兩個朋友，阿猴和美美。阿猴身高比我高，手長腳長，肩膀寬闊，美美有一頭亮粉色厚重的長直髮，喝醉酒似的迷濛眼神，下半身肉肉的有點梨子身材，不過穿起寬版的長裙還是很可愛。

而照片最左側，比多數男生身高整整矮了一顆頭的高度，完全可以把頭倚在他們肩膀，穿著褪色格子襯衫的，就是我。我一直知道自己在群體中不顯眼。不管是以前在學校或現在的工廠都是這樣。

比起照鏡子，我更喜歡看別人。

例如，看美美。

她常常用手指梳理頭髮，把它們聚攏，再擺到肩膀另一側，露出白皙的半邊脖子。我很喜歡她這麼做，即使我從來沒有開口提過這件事。她抬起手臂整理頭髮的時候，脖子附近會飄出一股淡淡的洗衣精般的乾淨味道。好幾次，我忘情的偷偷聞著。我以為只有自己這麼做，有天發現另一端的阿猴似乎也在做一樣的事。

我跟阿猴使了個眼色，他若無其事看向生產線另一端的按鈕，假裝沒有接收到我的訊號。

阿猴，放工以外，啥事也不做，就喜歡泡妞。

他總是把耳朵側旁的頭髮用推刀完全剃光，獨留長長的瀏海掛在額頭前方，還燙了鬈，晃呀晃的。不上工的日子，大老遠跑到市區的百貨公司治裝，為了添購明星同款，幾乎花光每月薪水。每當他套上花襯衫和窄身西褲，站在香水專櫃邊按手機邊和年輕小姐姐聊天，還被誤認是櫃哥。

每到換季的時候，阿猴會從他的鐵床床架下方拉出皮箱裡的舊衣服，發皺的亞麻襯衫，縮水的馬球衫，發霉的皮夾克。每件衣服都像是那些被他狠甩的情人，愛過，疼過，捧在手掌心過，甚至親密的深深包緊皮膚過。只是，最終都被他扔入床下，一腳往內踢，眼不見為淨了。

我喜歡接收阿猴的舊衣，不是對百貨名品有什麼妄想和迷戀，也不覺得繡上老虎、鱷魚或賽馬圖標的衣服能讓自己感到體面。坦白說，穿其他男生穿過的褲子，還是讓我心裡面有點抗拒。我願意洗過，曬過，只是因為美美會主動幫忙我把那些襯衫重新整理熨燙。

她是我在工廠裡見過最耐心的人。面對各色金屬探頭，螺絲帽，螺絲釘，電子板上狹長的接收按鈕，工廠牆壁邊沿每逢整點即震動大響的提示鈴。多數人感到悶熱、疲累，指尖麻痺和視線模糊的時刻，她從沒一句抱怨。

只是靜靜的，把手邊動作慢下來，再緩緩轉動手腕關節，放鬆十根手指頭。接著又像什麼也沒發生過一樣，拿起組裝程序需要的零件。

整個月我抱著一盒黃色零件，美美則是抱著紅色按鈕。

我不曾問過美美是怎麼想我的。

在她心裡，我是什麼顏色？

是黃色，紅色，還是藍色？

在生產線的迴路板，零件串連零件，時間串連時間，也串連著美美、阿猴和我。迴路板持續循環一整天，一整周，甚至一整年，這是我們和世界接軌的鏈結。套用比較客氣的說詞，有人稱呼我們工程部技術員，難聽點的，就是生產線作業員，更傷人的稱呼還有廢柴。注定在工廠裡燃燒生命，最後染上呼吸道疾病或手部職業傷害。

園區內做電子加工的年輕人不少，有很多還是五專或大學的畢業生，只不過他們的學校名稱說出來，有些我還真沒聽過。但，那也不是多麼重要的事情，大家站在同一條生產線上，名字都變成數字編號，像在當兵；長長的連結車下，轉動的齒輪，分別在白日或夜晚值班，將各種顏色、不同形狀的零件安置到模板或卡榫，那些塑膠或鐵片隨著機器運轉，被載送到其他地方，流入不知名的城市或遙遠的國家。

放下模板的時候，我觀察過工廠同事們幾乎只有兩種類型，怎麼分類呢？

浪費跟節儉。

浪費的那一種花起錢來都像沒有明天，打撞球、約年輕女孩看電影、開房間，給自己和對方添購新衣，另一種就是美美跟我，多半是家境清貧需要供養家庭，也必須同時養活自己的類型。

每一輪放風時間結束，我們捻熄香菸，返回工廠的作業位置，回到電子迴路板的生產線，坐在黃色，紅色和藍色的零件旁邊。陌生的電子組裝零件，隨著安裝的次數久了，也能明白它們各自代表什麼效能，可是我仍然窩在這裡，坐在低矮的椅子，等待領班發酸的汗臭襲來，或者自己的汗和阿猴的體味混雜在一起。

生產線不能徹底約束阿猴的野性，趁著領班偶爾開小差，他會把紅豆麵包、鮮筍肉包之類的食物放到輸送帶上，從遙遠彼端遊車河那般，輸送到最末端給我和美美吃。食物在臺子上咻咻滑行，像是連鎖日本料理店的迴轉壽司。

阿猴說過，我們跟那些稱為工程師的年輕人一樣，都住在科學園區內，但是宿舍的環境條件和所分得的餐廳兌換券就像是另一個世界。他們住在挑高樓中樓，我們住在地下室，一個在人間，一個在陰間。

向來恐懼黑暗的我，來到工廠後也逐漸習慣昏黃、晦暗的環境，就像是不明朗的天氣，春天遲來，雷聲未響，大雨未落，我脫去沾滿鐵鏽味道的工作制服，蜷縮在樓梯轉角休息。

美美忽然抓著我的工作服衣角，彎曲膝蓋就自顧自地哭起來。

除了驗收日，大批零件嘎噠嘎噠的聲響掉落防潮箱底部，我已經很久沒有聽見這麼巨大的回聲。工作拚勁十足，比男人更像一臺坦克戰車的美美，她脫下制服如同丟棄自己的殼，雨還沒開始下，軟弱伴隨情緒都攀爬出來。

阿猴樓梯旁扯喉嚨鬼叫，說工廠明天放戶外電影。他的瀏海像泡開的泡麵從無塵帽裡迸出。

美美揮動自己的食指中指，做出剪刀的形狀，再把手指放到自己的眼睛下方，擋住因疲勞而浮現的黑眼圈，順勢抹掉眼周的淚水。

我們從未取笑過彼此的眼淚，做二休二的日子裡，美美總是將薪水袋中的三分之二拿回家給母親作為家用、還債，剩下的三分之一，大約萬元，扣除生活基本開銷，連看場電影或買衣服也得考慮再三。

外面商場看電影的錢省起來，多省個幾次，也能存到幾千元。

播放戶外電影的空地旁有一間被稱為吸菸室的空間，是工廠給作業員安排的休息區。雖然名為吸菸室，實際上只是幾塊鐵皮就著四方圍起來。我們都討厭去吸菸室，那裡只會有老鳥和老鳥的跟屁蟲，他們從未耐心把香菸捻熄在菸灰缸，不是離開前隨手扔在地板，就是把菸頭捻在壁上。聊天的話題也多半是最近在樓梯間看到了哪個打掃阿姨的內褲顏色，哪個女員工走樓梯的時候奶子會彈會晃，上下上下，邊聊邊抱著自己平坦的胸脯模仿起來。

避開工廠老鳥們，我們會買零食、啤酒跟香菸，跑到工廠的頂樓，躺在空曠的地板聊天、吹風、看月亮。

美美喜歡的香菸是七星的藍莓爆珠。

我觀察過她吸菸有兩道程序。首先，輕輕吸一口香菸本來的薄荷氣味，再邊吸邊用指尖把濾嘴上的爆珠捏碎，讓極度濃郁的藍莓和酷涼的薄荷味混在一起，瞬間冰爽的感覺環繞舌頭，一種閃電那麼快的酥麻，瞬間直衝腦門。

她閉著眼問我，我們在哪裡？

我望向飛起來的粉紅色長髮，心想，我們就在工廠頂樓啊。

阿猴不愧是泡妞專家，比我機靈多了。

我們都在你的夢裡，他說。

在香菸的菸霧裡，美美跟阿猴都聊起自己的感情。兩人都說，不敢談長久的戀愛。男朋友、女朋友，都不要。

沒有錢，就怕耽誤對方。

他們開玩笑說戀愛的道路簡直順利非凡，自從在同學會或聯誼場合告訴身邊人自己從事生產線作業員的工作，戀愛道路就再也沒有任何障礙物了。我起初聽不太懂他們的意思，回過神來想了又想，才領略其中白爛的惡趣味。

他媽的，戀愛道路有夠順暢的，不要說遇見桃花了，連隻死老鼠都沒有。

阿猴問我喜歡怎樣的女孩子？

我支支吾吾，答不上來。本想說點什麼，想想又覺得算了。我不想讓美美以為我還是處男，哪怕我知道她對此可能並不關心。

說到戀愛，我確實沒有什麼和女孩約會交往的經驗。但那也不代表我對女孩一無所知。比方說，我知道女孩下體的陰毛長什麼模樣，不是在健康教育課本，也不是在色情片。

一面有如屏風般展開的三面鏡，鏡子裡的女孩挺起乳頭，昂起下半身，對我展示青春肉體。我從來沒跟任何人提過這件事，包括美美。

那是工廠的某個休假日，老鳥們聚在一起搓腳皮，打賭博撲克牌，簡直無聊死了。我不想加入賭局，獨自搭乘園區的接駁車，到大學城附近的夜市亂逛，想買雞排和臭豆腐，打算用便宜的小吃將休假日聊作打發。不曉得為什麼，夜市竟然沒什麼顧客。我就站在攤位和攤位中間的空隙，跟大滷桶賣滷味的年輕女孩聊天。她帶我回她的租屋處，一個約莫只有三坪的雅房，滷味妹進房後便主動把自己的短裙脫下，張開雙腿，往床上躺；她的腹部有一條細細長長的黑線從肚臍下方一路蔓延至陰毛的位置。我頓時嘔了起來，衝到租屋處的共用廁所，方才吃進的豆腐、鴨舌頭、鑫鑫腸都被吐出來。

夜市真是個奇怪的地方。

大滷桶、大腳桶，賣吃的跟喝的打工女孩們，都畫著淡藍色的眼妝，戴著假睫毛還有如同毛蟲般粗黑的眼線。她們總是親切主動倒一杯冰涼的飲料，遞到眼前，對顧客眨眼或燦笑。那些藍色的眼影在極悶的夏季往往被汗水暈染開來，像是調色盤上的透明水彩，一支畫筆畫了太久，在未換水前，無論將筆怎麼清洗，老是不乾淨，再畫出來的顏料，始終都不是自己心中原先想像的那一種。

畫筆上不潔淨的髒汙，讓我想到母親離家的下午。

當時我正在家屋外的陽臺，畫美術課的寫生作業。圖畫紙上有幾棟房子，被陽光照得白白亮亮，還有幾棵翠綠的樹。我給它們加上黃色的波點，旁邊再點綴幾株菊花，為了讓它們看起來開得更野，我還調了亮紅色，重新將水袋跟調色盤清洗乾淨，再把花朵的部分緩緩上色。耐心的性格可能就是從當時培養起來的，我可以好幾個小時坐在椅子上，動也不動，不停地做著重複的事物，直到它們被宣告完成。

那是一個非常悶熱的午後，春天還沒徹底走遠，空氣凝滯。我坐在矮凳上，把畫筆投入水袋，卻看見拖著行李箱的母親的背影，愈走愈遠，她的脖子後面都是汗水，頭髮看起來是濕的。那只行李箱似乎十分沉重。腿上的膚色絲襪因奮力往前跨步，被拉扯出破洞慘澹的輪廓。

我不肯定自己是否看仔細了。

陽臺架上的圖畫紙，亮紅色未乾的野菊花，正等待被陽光的熱氣烤乾。野菊花水潤盛開，越過房舍的牆沿，一路攀爬蔓延，好像忘記了它們的出生和起始，要往不知道的方向去。當我再回過神來，母親和她的影子已經完全消失在巷子盡頭。

我給圖畫紙的背景畫上大片黑色，不加水的純粹黑色，隨著筆刷快速塗抹，上面的陽光漸漸被掩蓋直至消失。

真正的太陽轉身離我而去。

我決定要在陽臺待更久一些，直到圖畫紙重新長出太陽。直到巷子盡頭的街燈亮起來。白色的街燈不知何時已變成有點昏黃的顏色，可能是年久失修的緣故，從幽微的巷子入口，飄來吸菸的霧，鄰家廚房的炒菜油煙。

天色完全暗下來，眼前的以及遠方的所有低矮公寓都把屋內的電燈熄滅。當最後一盞燈也消失的時候，坐在黑暗中的我，已看不清外面的景象。

那夜，無止盡的黑色吞吃掉野菊花、母親和我。

回到工廠宿舍，在阿猴的反覆逼問下，我還是招認跟滷味妹約會一事。

做了？

沒啦。

騙人。

那種見面就帶人回家的女生不可取。美美拍著我的肩膀，像是替我慶幸。她說，有這種傳聞，女孩的肚皮到下體如果有一條黑色的線，那是性經驗次數多的象徵。

阿猴說，這是完全沒有科學根據的話，隨即脫下自己的四角短褲，要給我們驗明正身。確實，他的肚皮潔白一點色素沉澱也沒有。

美美看了看阿猴的下半身，明明兩手空空卻忽然像生產線上那樣忙亂起來。她清了清喉嚨，假裝鎮定回應，嗯啊，除了白皮膚搭配一個角度喪氣的深色雞雞。此外，還真的沒什麼異狀。

阿猴邊穿內褲，邊問我滷味妹長怎樣？

我努力回想，試圖找到一些比較具體的形容詞，像是美啊，瘦啊，腿長啊，但我想了好久，實在什麼也說不出來。只好說自己真的忘記了。

美美在漆黑之中將嘴巴湊近我的耳朵。

滷味妹到底是什麼滋味？

阿猴歪著嘴笑，怎麼樣？是不是鹹鹹的，酸酸的？我買滷味通常都要加辣加酸菜。

我苦笑著說不酸也不辣，倒是有發霉味。

寢室多久沒掃了啊，除濕劑也都沒補充，連衣櫃裡面的木板都發霉。

工廠原有的油漬、鐵鏽氣味以外，房間內還瀰漫別的味道。地下室潮濕引起的發霉味，內褲邊緣始終沒洗清的尿漬味，還有阿猴偶爾夜裡來幾發手槍，自慰後散落地板的衛生紙臭味。

工廠的其他女性作業員和清潔阿姨都認為帥氣高挑的阿猴是陽光男孩。在無人知曉的地下室房間，他收藏的日本、歐美、卡通情色動作片或成人寫真集占滿宿舍的書架。沒有固定女友的阿猴，每個月會打開交友軟體，尋找年輕女孩見面約會。

阿猴會給那些初次見面的女孩們，送上一朵兩百元的紅色玫瑰花，打開手機APP的備忘錄讀一些聽起來真誠溫柔的雞湯造句。

老招把新妹，屢試不爽。

他總是拿出手機，點開交友軟體反覆炫耀，還沒出社會工作的年輕女孩，極輕易卸下心防，只看外型就能滑壘過關，不怎麼介意工廠作業員的職業。要是遇到長得漂亮一點，像是網紅或是網美類型的女孩，阿猴還會連續排好幾天夜班，累計休假，帶女孩們去薰衣草森林或杉林溪遊玩，在小木屋內擺動屁股和她們做愛。

阿猴自認對那些女孩挺好的，出遊都由他買單。他有自己的一套理論，這些情人們都是人生的過客，讓對方舒服地來，舒服地去。

買一場夢，各取所需。

其實，阿猴說得沒錯，女孩身上確實有鹹鹹的味道。

我只是沒把後面的故事告訴他們。

一整晚，我都待在滷味妹的租屋。她認為我的嘔吐是感冒症狀，還替我準備溫水和普拿疼藥錠，用雙手手指為我的太陽穴和肩膀、手臂按摩。

汩汩的流水聲，從左耳流竄到右耳。

我曾經在其他地方聽過這種聲音，員工出遊的時候，在谷關的蝴蝶谷瀑布。滷味妹的體毛下方，像蝴蝶谷一樣，自由自在流出大片大片瀑布般的潮水。

嘩啦啦從高處降落無止盡的水流，大地上所有乾涸太久的石頭都因此得到緩解拯救。

滷味妹很喜歡我的手，她說自己沒見過這麼粗的手。每個指節都帶著繭，滑過皮膚的時候會有一種粗粗的沙沙的觸感。她說這些話的時候，乳頭硬了起來，引導我的手去搓揉上身的乳，把我的手掌放在兩乳之間的深溝，還暗示我不只放手其他部位也可以，朝我牛仔褲的褲襠來回撫摸，說這邊也可以放進來。

她把自己的身體當成夜市叫賣的大滷桶，放進米腸，放進鑫鑫腸，放進甜不辣，再撒上椒鹽或孜然，拌一拌，空氣裡都是鹹鹹的味道。

牛仔褲拉鍊內，藏有另一個狡詐的我，低頭查看，彷彿聽到奔放的聲音，喊著開動了。

抱著滷味妹的腰部，我閉眼幻想美美的粉紅色長髮，白皙澎潤的臉蛋在我的腦海裡跑過來又跑過去。生產線上的紅色零件像是樂高玩具，美美把它們堆疊起來，蓋成一棟大樓，嘴裡說著幻想，總有一天要離開這裡，住進漂亮體面的房子。

我抱她抱得好用力。

她說快放手，輕一點，抽筋了。好痛。好痛。

我感到她似乎流下眼淚，十個手指頭的指甲因無法承受痙攣所帶來的痛苦而扭曲深陷我的背部。而我絲毫沒有放開她身體的意思。

蝴蝶谷，美美的潮水。

我甚至惡劣的在射精後仍把自己放在對方體內，直到那一個自己不再狡詐，不再豪放，完全疲軟下來。

至終，我都幻想自己緊緊擁抱在懷中的，是溫暖可愛的美美。

我也想帶著美美離開工廠，到處愜意遊樂。

美美的手機很少響起，她的家人只有在需要用錢的時候，才會想到她的存在。她總是說，明明來這個城市這麼久了，卻成天被關在工廠，根本像從沒來過一樣。老同學在手機群組問城市裡有什麼好吃什麼好玩，自己一件都答不上來。

如果能帶美美出去玩，肯定不會只請她滷味、雞排、臭豆腐這些小吃，我會帶她去牛排館，再騎車去海邊兜風。

不過，這些幻想都被滷味妹妹坐在床邊吸菸的煙霧給全部帶走。

離開那房間之前，她仍兩腿開開躺在床邊，滑著手機裡的交友軟體，看都不看我一眼。我說要回去了，她甚至也沒起身應答。

從市區返回科學園區的路上，我沿著大學城的校園圍牆散步。

小腿肌肉有點抽筋，似乎是平常缺乏運動的神經忽然快速運作又突然放鬆下來，整個身體一下子處在輕飄飄狀態。

圍牆外，有些提著涼被和電腦螢幕的學生，從火車站朝校園方向前進，他們身旁有些跟著父親或母親同行，嘴巴不知道在嘟噥些什麼瑣碎無要緊的話題。圍牆內，有幾個看起來和我差不多歲數的男孩們在打籃球。

我一邊透過圍牆網洞的縫隙望向他們，一邊撫摸襯衫胸口的硬盒香菸。點菸的時候，想起阿猴說現在早就不流行這種菸了，有錢的大學生都買電子菸，外型時髦像鋼筆，可以放在口袋，隨時拿出來。每吸一口，就會冒出白色的香香涼涼的煙霧。

我本想在車站旁的夾娃娃機抓一隻布偶帶回去送給美美。雙手伸進牛仔褲前面的兩個口袋和後面兩個口袋，摸了老半天，發現手機，乘車票卡都在，唯有錢包不在身上。

但我實在不願再走回滷味妹的房間。

我怕她提起，也怕自己想起，剛剛幾個鐘頭我在她耳邊喊的都是美美的名字。

結束休假日的我，像是被打回原形。偶然的性體驗並不能改變什麼，我在過往同學和工廠同事的印象中，依然是個又土又俗的男生。

別人怎麼談論我，只要我悶哼幾聲不回應，似乎也能假裝那些評論的無效以及無意義。

令我生氣的，是阿猴。

早晨點名的時候，他用棉被遮住下體，抓著手臂說暈眩不舒服。嘴巴嚷著都是昨夜熄燈後，躲在棉被裡用手機偷看色情真人秀節目，一整夜沒睡好，腰痠背疼。他說，有個口交技巧純熟的女優在大街攔下外型土氣老實的男大生，聲稱要幫對方擺脫處男的怨念。節目好看極了，還有工作人員倒數計時，從男孩脫去格子襯衫和牛仔褲開始，只要能忍耐五分鐘不射精就可以獲得更驚喜的大禮包。

阿猴突然坐起來，抓住我的襯衫衣領往他的方向拉。

好像你啊，那個臉被打了馬賽克的男生跟你好像。嘴唇外翻，牙齒黃黃亂亂的，他好快就射了。不到五分鐘，真沒用。

想吐的人該是我。

阿猴分明在說謊。

根本就沒有什麼色情節目。整張鐵床晃動不停，睡在上層的我以為自己睡的不是床而是船，我被晃到噁心想吐。夜半我輾轉未眠，阿猴起身偷偷轉開房門門把，我看見一頭粉紅色的長髮溜進暗夜。

整張床劇烈晃動的時候，粉紅色的長髮髮絲從下層的床沿散開。

肉碰觸肉的聲響，水聲翻湧出更大的水聲。

我沒有往下看，只是把手伸進四角褲，握住下身另一個自己，跟著整張鐵床擺動的幅度來來回回。

從下方傳來的呻吟，幻想美美趴著，幻想美美張開雙腿，甚至幻想美美騎馬般乘坐上方，而下方的肉體是自己的。但是，聽覺和觸覺幾乎無法同步，我被帶回真實世界。阿猴也不是完全說謊，真的不到五分鐘，我的內褲已經濕透，全身無力，他們還在激烈地擺動。

我聽見真正的蝴蝶谷瀑布。

那麼靠近，那麼濕潤。

有那麼幾次，我落寞地站在廠房尾端的洗手臺清洗手套跟刷具。生鏽的鏡子裡也有一張生鏽的臉，嘴角肌肉嚴肅下垂，一臉苦相。

明天不可想，對我來說，同樣意味著安全感的喪失。

除了「明天」以外，「喜歡」這兩個字是什麼意思，我其實不曾深究。

比方說，陌生的電路板只要組裝多次，我也感到熟悉；一起吃一起睡的阿猴，也像是我的兄弟；還有，總是願意聽我廢話的美美，讓我狂躁也讓我溫柔。有感覺和有感情是同一件事嗎？

我不敢問其他人，即使是睡在下層的阿猴。

發放年終獎金前，園區已經開始播放新年歌了。熱鬧奔騰的旋律中，我戴著毛帽掩蓋受寒的耳朵，雙手相互搓揉捂著臉。我愈來愈像一株盆栽，寒意來襲的夜裡仍動也不動的等待。等待帳戶存摺的金額增多，或等待美美發現我的心意。

阿猴買了北上的客運票，美美買了南下的火車票。我們約好在工廠大門口一起拍團體合照，年假後再回到這裡相見。手機裡的那個我，少了修圖軟體的特效，雙頰的紋理浮現在照片表面，阿猴對著鏡頭用手勢擺了一個帥勁的嘻哈姿勢，他修長的手指像閃電一樣，指向遠方的天空。

遠處的廠房幾盞燈漸漸暗下來，只剩下路燈投射的光線。交錯的路燈，把長廊照成幽深的隧道，更遠的風景或人物都被迫隱藏面貌。

我還沒考慮清楚是否要回老家，母親會回來過年嗎？提著打包好的行李袋，站在廠房門外整理無塵帽和工作服，這件繡著我的姓名和工作編號的制服，上面滿是油漆潑點和油墨轉印留下的髒汙，袖長也比剛拿到的時候短了許多。是衣服縮水還是我長高了呢。

美美往我們三人的聊天群組裡留言，說是在火車站附近撿到一隻剛出生沒多久的小貓，決定不回老家了。她要把小貓偷偷帶回宿舍，藏起來照顧。

我點開那張小貓的照片，放大再放大。

貓兒神色戒備，小手抓住美美的衣袖，對著鏡頭哈氣。

那銳利的眼神像極了電子迴路板正負極相接的時刻，電流瞬間急速竄過，凝射出細微極致的光束。

遠處的新年歌放得更大聲了。賀新年，祝新年，新年哪，年連年。

我閉上眼睛，等待美美抱著小貓朝我走來。

飄洋過海來做工

青春是門好生意。

家鄉的仲介大哥是這樣說的。

那時候，我跟同住一個村的表哥，一起遞交到臺灣打工的申請表。

表哥一家人都在臺灣打工。他的媽媽做看護工作，照顧坐輪椅不能自由行動的老人。他的妹妹也在做照顧老人的工作。一個在中壢，一個在天母。即便都在臺灣，聽說她們不常相見，只有放假的時候才能見到彼此，搭著開很慢的火車，一站一站停著靠著，從郊區進到城市。只是，放假的日子，特別特別少。

表哥在父親過世以後，也決定來臺灣。至少，離家人近一點。妹妹想家的時候，不再只是唱一首歌來安慰她，領工資的時候還能坐在隔壁，全家人吃上一頓平價的美食。臺灣賺的錢，認認真真存一年，回家鄉可以開雜貨店或洗衣鋪呢。

表哥說的話都有道理。我才二十歲，手長腳長，身手矯健。考慮了一晚，就把申請表交給仲介大哥。

出發前，我才跟父親說這件事。他大聲訓斥，用狠毒的話罵我，差點用腳踢我。我不懂為什麼要發那麼大的脾氣。他說，為什麼不去鄰國就好？吉隆坡不是也能找工作嗎？語言還相通，吃的用的都比較習慣。每個禮拜五上午還能去回教堂祈禱，多好啊。你懂中文嗎？為什麼要飛到那麼遠，把我跟你媽媽丟在老家，一走了之。

我不是那麼自私的人。

在父親的逼問下，我最初搬出表妹的說法。她說，馬來西亞人會欺負女傭。仲介也不好，常常換來換去，又會多收錢。吃的穿的都是問題。甚至，還沒有休假日。

父親聽完更憤怒，你又不是女人，你又不去幫傭。

坦白說，大馬國的薪水不夠高。我皺眉說出內心話。

美食中心的服務員，高級商場的保安，這些你都能勝任吧。中文很難，你絕對不可能學得會，你連英文都說不標準了。

如果是這樣的話，我寧可留在老家就好。決定要出國，就是想下定決心，好好賺錢，存錢，回來開一個小檔口，弄點小本生意都好。至少，足以讓我的生命有新氣象。

與父親的爭吵讓我感到心中火山烈焰。在他仍熟睡的清晨，我背著簡單的行李，離開家裡，去和表哥會合。

未來尚且茫然一片，但去年開齋節的時候，我在村裡的擺攤市集買過一本小說《You Are the Apple of My Eye》。封面是水彩畫，真的很美。那是一個男孩的房間，靠著窗戶有一張木頭書桌，窗外的綠樹相當高大，他的房間裡還掛著白色襯衫跟領帶。那是Penerbit Haru 出版社的書，這裡書店不多，但他們很多小說或漫畫都很好看。

後來，在網路上看到偷錄的電影，才知道原來那是一本電影小說，臺灣的名字叫《那些年我們一起追的女孩》。電影裡綁著馬尾的女孩很美，笑起來兩個臉頰還有酒窩，而且非常善良。

我還沒有談過戀愛。

讀這本書的時候，表哥問過我，有沒有心儀的女孩？

你的 Apple 是誰。

這問題對我來說太難，我跟表哥一家人很親密，我們一起玩一起長大。

我以前覺得應該會跟表妹在一起。我們曾經一起救援那些在大街上差點死於輪胎下的小貓。表妹總是會抱著那些受傷的小貓，半夜默默留下眼淚。但她跟其他女孩一樣，都對國外抱有幻想，在幻想裡逐漸變成一隻風箏。靜靜地飛走了。

搖晃的車子帶我跟表哥到一處簡陋，聞得到海水味的臨時搭建的屋子。

一間似乎不能被稱為辦公室的地方（但它確實是）。我們倆低頭看了看彼此的行囊，都很少。牙刷毛巾幾件換洗的內衣褲跟外出服，都是舊衣服。

「Ahmad跟表哥Ali，今夜在外南夢。出發去臺灣。二〇一六年。一個興奮的日子。」我從行李裡拿出日記本，寫下句子。

仲介大哥告訴我們沒有錢沒關係，做工累積的薪水就可以還仲介費。大概十幾萬將近二十萬臺幣。扣掉我之前努力存的一些積蓄，大概還需要十五萬。省一點的話，還是有機會。

那時候，我跟表哥完全不曉得的是，仲介大哥沒有告訴我們，出國打工的人，平均壽命都比較短。

抵達臺灣以後，我跟表哥也被拆散了，就像他的媽媽跟妹妹。我們沒有辦法一起吃，一起睡。離開了熟悉的人讓我有點緊張。

我跟另一個越南來的小哥，一起搭車，去到一間印刷工廠。

來之前，我以為臺灣到處都很繁榮。

我在雜誌跟電視裡看過一〇一大樓，還有夜市，據說每晚都是熱鬧奔騰。不像這裡只有新年才會有市集。

印刷工廠的老闆比我想像年輕得多，看上去四十幾歲不到五十歲，有點肥肚子，但不到很嚴重。他說話態度很有威嚴，另給我們做基本的健康檢查，其實只是一些簡單的測驗，量視力、色盲鑑定、雙手雙腳跑跳要能自如快速。

我跟越南小哥同一間宿舍，就在印刷工廠的二樓。廠房角落，切紙機旁，有一扇不起眼的門，打開就能見到一條很窄很長的階梯。燈泡不太好，時明時滅，走階梯的時候，必須專注腳底下的間隔。

來到二樓，打開門，是更窄的房間，放著上下臥鋪的鐵架床。我睡上方，越南的小哥睡下鋪。房間裡沒有桌子，我們只好把行李袋沿著牆角擺，浴室十個人一起共用，每個人發兩條鐵做的三角衣架，掛毛巾還有洗曬後的衣服。

越南小哥叫山松，他一開始非常安靜，每天睡前都躺在床上聽音樂。

他說越南有一個好紅的男歌手跟自己同名，在本地就有好多粉絲，歌曲都好好聽。

他把耳機一邊塞進我的耳朵，跟我分享。我很驚訝地看著越南歌曲的瀏覽人次，竟然有兩億人次聽過。音樂也很好聽，非常溫柔。我邊聽邊微笑。山松看著我的反應，好像也很開心，還有一點驕傲。不知道是因為故鄉越南還是其他原因。他說自己平常很含蓄的，北方的朋友不會輕易跟別人當真的朋友。

我們感情變好的關鍵也不是因為同住一間。

有一次工廠老闆，也就是我們的雇主，不分青紅皂白打了山松一頓。

我們都知道老闆有兩個女人。太太都住在家裡，根本不會來工廠。我們只有在華人農曆新年的餐會見過她。矮矮胖胖，看上去相當圓潤的一個中年婦人。但她卻非常大方，給我們每人一個紅包，裡面還有臺灣錢五百元，而且每個人都有。她的嘴唇很厚，講起英文也有一點臺灣的口音，重重的厚厚的，音節拉得很長。祝大家新年快樂，身體健康。

而老闆另一個女人，就是印刷廠的會計小姐。他們每天都待在大門口進來右拐的小房間，不知道耳鬢廝磨什麼祕密。有好幾次老闆從小房間走出來，褲腰皮帶都鬆鬆的，看起來像沒有繫好的樣子，非常邋遢。

山松看不過去，就在餐會結束的時候，主動跑去跟老闆娘說。誰知道他什麼時候學了那麼多中文。真是奇怪。

我問他怎麼說的。

那個女生，跟老闆，小房間，很久。山松說。

山松說，老闆娘臉上原本溫和淡定，沒什麼表情，後來眼珠子愈瞪愈大，嚇了他好大一跳。

我聽了忍不住捂嘴。

我問山松為什麼要這麼多事，要是雇主跟仲介反應，嚴重的話可能提早被趕回去越南。他搖搖頭說，老闆娘是好人，她不該被這樣對待。

印刷廠裡面除了我以外，其餘是從菲律賓或越南來的哥哥跟弟弟們。

我發現菲律賓的朋友都很熱情，越南的夥伴比較斯文。但是，他們一樣的地方是，行為都很簡單直接，喜歡就會說喜歡，討厭就會冷冷的態度。這對大家共處那麼狹小的宿舍，是好事。我有次不小心把山松的便當盒弄倒，他一個禮拜不跟我說話。

山松有次晚上睡不著，連著工廠的 Wi-Fi 網路看影片，他問我有沒有聽過一個叫 NANA 的女生？是臺灣人，很有名。

我打開 YouTube，發現她長得很美，皮膚也白，穿著晚禮服拉大提琴。但我看了好幾個影片以後，我對山松說，她是大陸人。你看，下面的留言都說她來自大陸。山松很堅持，他說，不是，NANA 是臺灣女生。

我們為此半夜沒睡覺，還差點吵起來。

如果有人問我政治的問題，我不會願意過多談論。

這是在外南夢出發時，仲介大哥特別耳提面命我跟表哥的重要問題。去到其他國家，不要跟別人激烈討論政治或宗教的問題。因為，對方如果跟你不站在同一個位置上，他肯定無法理解。

但是，我跟山松的中文老師，那個叫大貓，黑黑壯壯的男生。他就不會讓我感到有這樣的疑慮。大貓很好，他不只教我們說中文，還帶著我們去逛街買書。我們還曾經跟他阿嬤一起吃飯。

阿嬤問我叫什麼名字，我說 Ahmad。

阿嬤說，問你名字，怎麼一直叫我阿嬤。

大貓笑個不停，跟阿嬤解釋說，只是發音聽起來很像阿罵。

不然，就叫他阿莫啦。

我們在大貓的阿嬤家一起吃家常菜。有兩盤炒的青菜，還有雞肉，很香很油。阿嬤說一大早去菜市場買的，叫我們多吃點。

對於吃飯的時候直接用手就餐這件事，大貓曾問過我，不會很燙嗎？才剛煮好呢。如果覺得太燙，也可以用餐具。他把叉子湯匙拿到我面前。

我跟他說，謝謝不用。真的不會燙，已經習慣了。

他不會像其他臺灣人那樣露出狐疑又嫌棄的表情，他很豪爽地笑著說，真厲害，真的不會燙。我就做不到。

大貓的外型很粗獷有男人味，臺灣人都說他像原住民，我想這是一種讚美，男人就該這樣，熱情且有魄力。

在臺灣的日子，除了兩個禮拜只能休假一天，有點少。但也因為一直在工作，時間過得非常快速。薪水都在老闆那裡，很久才會結算一次。有人說這樣好，不會被花掉。之前表妹，為了防彈少年團的周邊產品花了好多錢，辛辛苦苦的血汗錢啊。

我跟表哥、表妹還有阿姨，約定好月底一起在車站附近的肯德基見面。我們可以點兩桶炸雞餐，淋上辣椒醬，開開心心聊個痛快。

見面的時候，我差點認不出表妹。她變得好時髦，跟家鄉的模樣完全不一樣，雖然說我也確實很久沒見到她了。她在臺北一個叫天母的社區工作。我問她會不會想吃indomie，辣的 indomie goreng 還是你最愛嗎？

表妹悶哼著按手機不說話。

她變得有點冷淡。

阿姨還是一樣待我溫暖。Ahmad，印刷廠還好嗎？會不會很辛苦，有沒有受傷，哪裡不舒服都可以跟阿姨說。

很好，我的室友是越南人。相處起來沒有什麼大問題。中文老師也很好，把我們當朋友，很關心我們。

阿姨說我很幸運。

我低頭啃著起司炸雞的時候，看到阿姨的指甲邊縫全是破皮，有些指甲還斷裂滲著血。

我問她發生什麼事。

阿姨說，哎呀，沒什麼。工作都是辛苦的。

表哥非常憤怒，他一直逼問，究竟發生什麼事。

阿姨從隨身的布包裡面拿出三個綠包，發給表哥、表妹還有我。她說，我們不要想難過的事了，一年一次開齋節呢。阿姨伸手把我們擁抱在一起。

她身上有媽媽的味道，那瞬間我心裡有點激動。

綠包摸起來很輕薄，我猜想阿姨沒有放多少錢，但這畢竟是心意。錢多或錢少，都是不要緊的。拿著綠包，我們在車站地下道的EEC商店買了很多家鄉味的餅乾跟快熟麵。

提著滿滿一包塑膠袋食物，從這裡搭捷運可以直接回到印刷廠附近，再沿著快速道路，稍微走三十分鐘就可以回到宿舍。

回到宿舍的時候，山松問我可不可以借錢給他。

我心裡不太願意，但又不知道該用什麼理由來拒絕。這裡誰都不是有錢人不是嗎？只好耐著性子問，發生什麼事？要買什麼東西是嘛？

他說自己好像生病了，身體一下熱一下冷。我心想是不是感冒，也許趁商店還沒打烊可以去買panadol。至少可以緩解畏寒頭痛，再找印刷廠老闆想想辦法。

山松放低聲音說話，暗示我把房門關上。

關門以後，坐在地板上的他，忽然哭了起來。

我心想男子漢哭什麼，到底發生什麼事呢？

他說，放假出去玩了。

我說，然後呢？

去了一家酒吧。

是不是被下毒？我的天，這樣不行啊。

山松苦笑著說，什麼下毒。都是自己的錯，全都是自己的問題。他屈膝抱著雙腿，眼淚滴到地板上。

你說說看，我們一起想辦法吧。不然，如果需要錢，我們也可以找大貓啊。他在勞工的單位工作，他一定會幫我們的。

我去的那間酒吧叫做 G POP。

什麼……我只聽過 K-POP。

不要鬧了。算了。

山松久久地注視著我，忽然用中文說，阿莫，謝謝你。這段時間，真的謝謝。你是好人。我不知道該不該告訴你，但是，請你相信，你眼裡認識的我。

兄弟，你到底發生什麼事。我看著山松，覺得無助。

不說了，不說了。

山松跟阿姨一樣，把難過的事自己吞下去。

除了表哥，山松是跟我最親近的人了。

每次下公車，走在快速交流道附近，我看著快速奔馳，至少時速一百多公里的車流，心裡有點焦慮，他都會主動牽起我的手過馬路，就像我的大哥。無數個在印刷工廠的深夜，疲憊至極，那些裁切器具差點鋒利地刮斷我的手腕，他一把用力，將我往後拉，讓我躲過難以想像的災難。

當我抱著疑惑入睡，隔天早上醒來卻發現山松已經不見了。他的行李袋還有幾套換洗衣服通通被打包帶走。一張字條也沒留下。打了他的手機，也是關機狀態。

早上點名的時候，印刷廠老闆發現山松不在場。他非常憤怒。我他媽供你吃供你住，懶惰的越南人。整天就知道聽音樂，什麼也不會。

老闆罵了很多髒話，有些不用解釋我也能感覺到，那是很髒很低賤的用詞。他的臉部整個扭曲成一團。不知道是不是想到之前山松跟老闆娘告密，害他沒好日子過。新仇加舊恨。他確認山松的行李全部都拿走以後，即刻打電話給臺灣的仲介人員。

仲介大伯騎著一輛搖搖晃晃的摩托車來到工廠。看上去不是很在乎，一派輕鬆。他臉上的神情除了漫不經心，好像還有一點鄙夷。我們排排站讓他陸續問話，他走到我面前的時候，嘴角哼笑。那個單側微微上揚的嘴角好像在說，來臺灣打工卻落跑是一件如此稀鬆平常的事，就像到便利店買一杯涼飲料那樣。

山松沒有再回來。

沒多久，鐵架床的下層臥鋪又入住了新的打工仔。比我更年輕，菲律賓來的，叫強尼。

他不會給我聽音樂，也不會跟我聊一些有趣的事。

強尼很積極，問大家是不是也要再申請延長打工的時間。他說賺得不夠多，還不能回老家。

即使放飯時間大家也會聊上幾句。但我心裡很清楚，我在這裡沒有朋友了。

我問老闆什麼時候可以發薪水。

帶來的錢很快就花完了，每天拿著小本子，用原子筆在上面記著已經扣除多少工資，何時才能從負的轉成正的。

表哥說，人生不是每天都過開齋，沒有悠閒絢爛的時光。

我變得比以前更容易失眠。

表哥說，他也是。

有時候會做夢，夢裡自己還是少年模樣。在外南夢的渡口打工，騎摩托車載人去看火山風景。很多遊客從世界各地來看藍火。我沒有真的上去過。那裡有毒氣必須戴著面罩，只有搬硫磺的工人會來來回回走。

我聽親眼見過的人說，那像是雲海。會有水藍色的雲霧跟大火，在世界的盡頭熊熊燃燒起來。

不曉得山松現在過得怎麼樣。

如果我們會再見面，我想告訴他昨夜的夢。那些在我夢裡湧動的深藍色，淺藍色，還有接近無限透明的藍色。

尋找失業老爹

皮鞋發霉了

我有時候還會做那樣的夢，與母親在海裡。載浮載沉。

整個世界都飄飄的。

距離臺北市中心很遠的，一個租來的房子，我與母親住在裡面，沒有父親。不下雨的天氣，打開窗戶望出去，可以看到近的綠山和遠的河川。豪雨的天氣，窗外的世界是湖泊。我在如此多雨的地區，度過了我的青春期。該如何和旁人描述，住在一個總是淹水的社區是什麼感覺呢。

那段時光記憶都是山，都是泥。

沒別的風景。

五點半起床，搭火車區間車，轉捷運，再轉一小時的公車，我終於抵達市區裡的學校。襪子泡在水裡，上課的時候偷偷把襪子脫掉，腳指甲都泡爛了。

我的課本也是濕的。國文，英文，歷史都是。

從秦朝帝國到兩河流域，再到〈麥克阿瑟為子祈禱文〉，都變成模糊一片。

那時我正暗戀著班上的英文老師，她很年輕，才剛從學院畢業，留著黑黑的長髮，不打也不罵學生，每天只是拿粉筆在黑板上認真地寫著單字。

我會在英文課的時候，多拿一兩張空白的信紙，夾在課本的頁與頁之間。

那些信通常是這樣開始的。

二〇〇〇年（千禧年）八月。

爸爸，

我跟媽媽順利度過颱風這場浩劫，半個社區都淹水了，包括我常常走路去買泡麵跟罐頭的那間便利商店。

我們像軍隊的俘虜，坐在深橙色的橡皮艇上，河水就在我們下方。有一個跟你看上去年齡相近的大伯，走在溪水裡。不，應該說游在溪水裡。與其說溪水卻更像是泥漿。灰褐色的川流，源源不絕推送我們，直到火車站。

我把乾淨的制服跟皮鞋都放在書包內，在火車站的廁所，打開水龍頭洗腳。趾縫裡面都是泥沙，以為去了很遠的海邊。那個我曾經無數次在夢裡的遠方，而現實生活卻一次也沒有抵達的地方。我的皮鞋總是發霉。

p.s 高中生活很無聊，但英文老師長得很漂亮。

祝您父親節快樂。

小宅敬上。

我會趁著英文老師轉身的時候，快速把信紙夾到課本的下一章。拿出紅筆跟螢光筆，看看黑板，再低頭，繼續慢慢寫幾個單字。

那時候我在班上一個朋友也沒有，也常常在不同的課堂發呆。尤其最無趣的地理課。課本寫著「立秋無雨最堪憂」，後面跟著的選項是（A）宜蘭（B）臺北（C）嘉義（D）基隆。答案很簡單，選項裡只有一個城市不在北部。老師邊上課的時候，還邊哼了孟庭葦的〈冬季到臺北來看雨〉，他拿著麥克風在臺上忘情高歌，天還是天喔雨還是雨，我的傘下不再有你。

我的書包總是有傘，但一個人撐。

每天早起趕著上學，放學又趕著回家。同學們下課後成群結隊去買校園附近夜市的鹹酥雞或去保齡球館、撞球間、漫畫屋消磨時間。我背著滿是課本的書包，課本裡甲午戰爭跟木村拓哉的唱片專輯濕漉漉黏在一起。

書包裡的一團混亂總會讓我想起童年。

外婆講日語，外公講福州話，爺爺奶奶講臺語，父母親講國語。一年一度，全家人坐在臺北城中市場附近的一家日本料理店，從冷菜到甜點，還是聊不到一起。只有最後打包剩菜的時候，倒是很團結。臺北的爺爺拿了湯，臺南的外婆拿了草莓麻糬大福。

我跟外婆一樣愛吃草莓大福，還愛看漫畫，母親不知道，父親更不知道。老師都以為我在圖書館借閱一些頗有素養的課外讀物，比方說金庸的武俠小說。沒人知道，我老早就看過了，在父親的租書店裡。

我不曉得父親會不會告訴別人，嘿，我開過租書店。書店裡面有漫畫，言情小說，武俠小說。或者，嘿，我的工廠倒閉以後，開了一間租書店。又或者，嘿，那間租書店一年就倒閉了，實在沒什麼好說，書店真是不賺錢。

皮鞋發霉的味道跟那間租書店的廁所像極了。又悶又酸。那時候我總是穿拖鞋，盤腿坐在大門口進來的沙發區，看金庸的《笑傲江湖》、池田理代子的《凡爾賽玫瑰》，藤子不二雄的《哆啦A夢》。那時根本沒有電腦，父親用厚厚的一本記帳簿邊收零錢邊用原子筆記帳，根本沒注意到我在看什麼。

漫畫的主人翁是一個本來叫歐絲嘉的女孩，因為母親未能順利生子，父親決定將她當成男子養育，還另外給予她一個男性化的名字，奧斯卡。她以男性的樣貌活著，剪短髮，穿男裝，騎著馬，進城到宮廷裡工作。

沒有人知道她其實是女兒身。

我羨慕她身上佩著寶劍，只要拿出發亮的劍，快速一揮就解決混亂的困局。那時候父親母親先是世界大戰，再冷戰。他們的關係跟歷史走勢如出一轍，大量核子武器，擁有保證共同毀滅的能力。但卻沒有合久必分，分久必合的續集。

母親先是自己拿了皮箱出逃。過沒多久，又讓我收拾行李。我上中學時，從臺北某個交流道搬到了盆地外緣多雨的基隆河旁。

戰爭氣息仍存在。

租書店老闆

蛋花湯一碗，水餃二十顆，豆乾海帶各一。

幫我送後面那間租書店。

金龍講完，掛了室內電話。

看漫畫的客人在租書店的沙發坐著，老闆金龍在租書店的櫃檯點錢跟打哈欠。一天寫一頁記帳本，一頁才不到八十行，一天收的零錢不到一千五百元。

租書店的透明落地窗根本沒擦，手寫的大字報上厚厚一層灰。租書店公告：每本黑白漫畫內閱八元，彩色漫畫內閱十五元。言情小說內閱十二元，武俠小說內閱十元。

老闆金龍的近視眼鏡也油油的。

他抬頭跟低頭的時候，鏡框看起來都會往下滑一點。他也沒想過拿張衛生紙擦，或用肥皂泡沫把鏡片跟鏡架洗一洗。或者，把臉洗一洗。

其實，金龍根本對漫畫或小說沒多大興趣。以前讀中學的時候，身旁的男孩子們打籃球、看漫畫、翹課，唯獨他例外。即使不上課的時間，也幾乎待在教室算數學，在空白的計算紙上畫三角函數練習題。他發現自己精於計算，邏輯也不錯。

工作快二十年的電纜工廠停止營運，金龍就失業了。

他靠著母親友人的介紹，輾轉去一家食品工廠當品管員，每天走來走去巡視，聞罐頭跟機械的味道。那是一家麵筋工廠，他每天早上吃稀飯都會放在小碟子裡面的那款。每天清晨五、六點，開著貨車從臺北到桃園的工廠上班，天黑了再一路開著快速道路回家。有次放工前，聽到幾個資深工人尖叫夾雜呼叫，有個年輕小哥掉到攪拌麵筋的機器裡，旁邊兩個工人趕著拿長長的桿子去救，也都跟著攪拌進去。

轉啊轉，轉啊轉，整區工廠很快沒了聲響。

警察跟醫護趕來的時候，金龍跌坐在地板褲子一灘濕，嚇得站不起來。

那陣子，他總是雙眼疲憊，兩腿發軟。貨車油門都踩得有氣無力。他在回家路上看見一家燈光昏暗的租書店，麥克筆手寫著大大的頂讓二字。

他跟老闆談了價錢，還苦苦殺價，全店的漫畫小說包含首月店租加雜費，八萬塊成交。

從此開始每天拿著紙筆抄寫的日子。

他不另請員工，店面老舊也未想過粉刷裝修。

就在這家老租書店，往前走五十公尺不遠處，一家燈光明亮，裝潢新潮，且空間乾淨寬敞，擺放著一個又一個新沙發的連鎖租書店開幕了。

他不好意思親自刺探敵情。派妻子跟孩子假裝顧客去晃晃，再回來通風報信。孩子說，那裡又亮又香，沒有臭味。櫃檯放著大臺電腦，書架上不只有彩色漫畫、少女雜誌，還有很多電影日劇VCD，裡面好熱鬧。肚子餓了還可以跟櫃檯點餐，坐在櫃檯裡面，長得像謝霆鋒的年輕小哥哥就會端來烤好的奶油厚片跟珍珠奶茶。小哥哥哼著歌把點心端到沙發旁的桌子，每個女生都很開心。

金龍聽完，再度覺得眼前發黑，兩腿一軟。

前個老闆頂讓的時候，有夠阿莎力。八萬一口價。

他轉頭看著自己租書店的老舊書架，漫畫沒有包書套，打開《名偵探柯南》，裡面的毛利小五郎臉上有乾掉的鼻屎。女生愛看的言情小說，暢銷的作者好像叫席絹還是左晴雯。偶爾會有一兩個頭頂夾著鯊魚夾的少婦站在店門口的櫃檯問他，有沒有《上錯花轎嫁對郎》，有沒有《偷心小貓貓》？

他心想，什麼小貓貓小狗狗。

是不是封面畫著帥哥的啊，古代還是現代照片的啊，中間那排的中間。金龍往裡面指，封面有帥哥照片的小說全在那。

來金龍租書店的客人多半是附近在地的老住戶，有個熱心的大哥主動跟金龍聊天。他說，唷，沒想到這間店這麼快頂讓出去，還好我存的押金還能用。

金龍一臉疑惑。

大哥說，你覺得這裡有頂讓價值對吧？隔壁走幾步就是間國中學校，租書店對面還是雜貨店，還有小吃店。

他悶哼兩聲，那大哥幾乎全說中。

大哥又說，你去後面那條街看過嗎？往前走沒多久，三分鐘吧。有連鎖便利超商，還有連鎖租書店，還有美國來賣炸雞的，叫肯德雞炸雞店。晚上還有夜市，這些全都剛開幕沒多久呢。

大哥說完，眼鏡後面的眼睛瞇著笑，變成一條線。之後，拿著幾本武俠小說，微笑著離開店裡。金龍覺得眼鏡後面瞇起來的笑眼，好像在說：傻子啊，真單純。

金龍發現自己用來精算推理世界的經驗值，一下子全部都不管用了。

租書店不就是這樣老舊的嗎，他兒時記憶裡面就是長這樣，怎麼現在全變了。

幾個月以後，如同平常的打烊日。他自腰間解下租書店大門的鑰匙，站在門口等待鐵捲門緩緩下降落地。夜裡，騎樓走過一男一女，拿著手機，對著上面的小框框呵呵笑。

他轉身，走往更黑的深夜。背後螢幕上的貪食蛇，自在地長出更多的身體，到處在迷宮裡遊來遊去。

他發現腰間掛著的 BB. Call 好像很久都沒有發出任何聲響。

老鼠味的電纜工人

金龍的啤酒肚在工廠倒閉隔年，也喪氣地凸出來。肥肉從褲腰滿溢，甩也甩不掉。他從學校畢業以後，也沒外出找其他工作，直接繼承家業，他的父親把一間老舊的電纜工廠給他照顧，自己跑去賭博簽六合彩、大家樂，總是徹夜未歸。有時跟酒店小姐回家，有時早上才回來，整顆頭梳得油亮，抽著黃色軟包的長壽菸，嚷嚷著要看帳簿。

金龍心想，肯定又是賭博輸了，要拿錢再翻盤，或股票融資要斷頭，趕緊挖錢補洞。不管是哪一種，都有夠狼狽。他打開電視新聞，主播報導著香港回歸大陸，離九七正式回歸還有幾年，好多香港市民趕著移民，目標首選加拿大溫哥華。他想到近來跟隔壁棟木板工廠的老闆聊天，對方也嚷嚷要移民，首選美國。於是拿起遙控器，把音量調得大聲一點。

那時，電纜工廠的訂單已經有愈來愈少的趨勢。工廠裡好幾臺主要生產機器，早已是過舊的型號。從帳本來看，大公司不但不怎麼訂購這些機臺生產的電線電纜，甚至整體呈現斜線下滑的走勢。

他半夜失眠，早上打開電視發現大陸朝臺灣發射飛彈。木板工廠老闆說的是真的。危險，快跑。

怎麼辦？怎麼跑？

金龍來不及跟妻子商量，拿出鑰匙打開公司的保險箱。裡面早已空蕩。

地契、黃金、戒指、公司產權證書老早乾淨一空。

他父親半夜將所有資料抱走。隔一周後，陌生西裝小伙子來工廠四處環視，盤點機器型號數量，確認廠房坪數，包括仍住著一家老小的樓上住宅。

金龍的老父親趁著全家人熟睡，把工廠賣了。

他跌坐在一捆又一捆封膜包裝完備的電線裡，除了明天上午廠商要來收貨的電線，他一無所有。

若富不過三代，自己該扛起責任。但是，老父親為了全身而退與自保，寧可讓兒子失業，工廠倒閉。

金龍戶頭根本沒多少存款，三個孩子，天天張口就要吃飯。

老父親安排他回家，原來不是繼承家業，寫在職業欄位華麗閃亮的頭銜，公司副總經理。原來副手就是這個意思，就像信用卡的副卡一樣。持卡者打一通電話給銀行，卡片一剪，瞬間灰飛煙滅。

老父親跟高級酒店小姐生了個女兒，比自己的女兒年齡還小。抱在懷裡，搬入新買的豪宅。按照輩分稱謂，那個襁褓中的女嬰，是他的妹妹。

他忽然意識到自己簡直就是一間老舊工廠的看家犬。

不吵不鬧，特別忠實。

孩子在工廠樓上的住家彈鋼琴，叮叮咚咚，隔幾年要考音樂班。

金龍站在工廠與住家間，小小的一處玄關。他就蹲坐在那塊小地方，聽孩子彈完哈農指法、巴哈奏鳴曲，一首又一首。玄關頂上的黃色燈泡照著他的臉，熱汗從臉頰流下。他始終沒有伸出手，如往常下班那樣開門，拖著身體走上長長的樓梯。

那夜，金龍在廠房與住宅連接處的大門旁，還有電視機下方的凹槽，都擺了好幾個黏鼠板。家裡開始沒錢可花，老鼠還鬧得特別兇。半夜出來咬破管線，偷吃米桶附近的存糧。他的妻子不是什麼女強人，全身瘦弱到幾乎沒什麼力氣，平常講話聲音很小，只要一激動起來音量大些，講話聲線就會開始走音。荒腔走板到聽不清楚她到底在說些什麼，只能聽到一些鼻腔跟頭腔的共鳴音，哼哼哼的讓人頭暈。

好幾個早上，都抓到老鼠。

那些肥大老鼠，還是活的。吱吱大叫，身體卻黏在板上，逃也逃不掉，愈掙扎樣子愈慘烈。他印象中父親就是生肖老鼠，真是惡劣。想著想著，把黏鼠板的另一側也用力蓋上，老鼠的正面與背面，都牢牢被黏在板子裡，再也逃脫不了。

金龍找了個大的塑膠袋，把幾個黏鼠板放進去。一層又一層，用寬大的，平時封裝電線電纜的膠帶，把塑膠袋密封。

他的孩子從背後喊他爸爸，問他在做什麼？

金龍說不要過來，有細菌。快回房間，寫作業。

沒有作業可以寫。

那回房間去玩。

爸爸在做什麼？

金龍隱約又想發怒，孩子成天問為什麼，做什麼，然後呢。有老鼠味。

不要過來，趕快回房間寫作業，不然就睡覺。

孩子忽然小跑步到金龍身旁，輕輕在他耳邊說：爸爸你有老鼠味。

金龍提著一大袋封膜包好的老鼠屍體，擺在下午要出貨給客戶的貨架板。等到他想起來的時候，那些老鼠已經隨大批電纜被載走了。

金龍看羊

金龍在第四臺的命理節目看到舊工廠的老員工，楊巨。

那個總是偷懶、遲到，愛聊天打屁的工人。

楊巨的手腕戴著大顆褐色佛珠，坐在高高的貴賓席，跟主持人談笑風生。

他一時間還沒能馬上認出來。他的工人現在當了老闆，他以前是老闆現在給人當工人。

節目報導完流年四化跟每周運勢以後，終於進行到觀眾互動的環節。

金龍拿起電話，看著電視螢幕指示的號碼打過去，很快就接通了。節目部把他轉往現場 call in 即刻對話。

粉底抹得過白的男主持人問，平安如意，請問這位觀眾朋友怎麼稱呼？

我叫金龍。

金龍先生你好，有什麼問題想請教我們命理老師？

我想問他，我本來在一家電纜工廠當副總經理，前途大好。為什麼，我現在會變成這樣。我屬羊，一九五六年次，年頭，冬天出生。

哇，您擔任副總經理啊，那是很高的位置。現在變成這樣是指生活有哪裡煩心不如意嗎？

我的工廠倒了。金龍捏著電話。

還沒等男主持人接話，楊巨就對著攝影機鏡頭說，金老闆，我們認識。

楊巨找了節目部的工作人員，抄下金龍的電話。

他們在命理工作室見面那天，金龍的手臂跟大腿冒出好多小小凸起的顆粒，摸起來滑滑的、硬硬的。那些瘤像葡萄串一樣，一顆一顆從他皮膚底下冒出來。

摸著手臂，他覺得自己也變成葡萄的一部分。

楊巨讓金龍坐在椅子上，鳥籠的白文鳥從打開的門跳出來。小鳥跳著跳著，在牌卡盒叼出一張畫滿花卉的籤詩。

打開籤詩，裡面寫著：金姑看羊。

明珠失手中

美玉被塵蒙

卡和應難得

行人信未通

角落有楷體小字寫著，「功名不吉，婚姻不吉」。

金龍拿著籤詩，不知道該說什麼才好。

小鳥還在籠裡吱吱。

他忽然想起母親常看的歌仔戲，似乎有這一齣戲。那個叫金姑的女主角，在山裡放羊，心情鬱悶，無人過問。金姑本來有家，家裡有人，過得平穩幸福，不知道從哪天開始，什麼都沒有了。

金龍不是相信以前的工人真有什麼神蹟或卜陽卜陰的能力而來，而是他已孤單太久。兒子離家讀書，妻子帶著女兒搬走，母親臥病在床。

他只是想要有個熟人能說說話，像現在這樣，桌上有一杯泡好的熱茶。

都還好嗎？

就一句，也就夠了。

金龍不敢要的太多。

他已經不是以前那個工廠的大老闆。

楊巨把文鳥引導回鳥籠的時候，偷偷用餘光看了金龍的臉。兩條垂著的木偶紋，喪氣地掛在嘴角。他主動打破沉默，他對金龍說，現在不是命理師跟顧客的關係，就是老熟人跟老熟人聊天。

金龍摸著手臂上冒出的那些肉瘤，說不知道該怎麼辦。

去看醫生，會好的。他從襯衫口袋拿出菸盒，抽出一支遞給金龍。

戒了，早戒了。金龍說。

工廠關的那天，我有收到消息。以前那個闊嘴，你還記得嗎？就是長得很像大炳小炳那個哥哥的，嘴巴很大，住清水的那個男生。他打電話給我說，夭壽，工廠要收了。一百多坪的土地廠房，都沒有了。

闊嘴說真正的老闆，一直是你爸，你根本沒權力。

到最後，連你都被賣掉了啦，跟那間工廠一起被賣掉了。

跟你講這個不是數落你，消遣你。

金龍，戒菸很好。從今以後，你真的要多替自己想想。

我這句話，真心的。

命理工作室很安靜，一個客人也沒有。太陽下山前，從百葉窗灑進來一些細碎微弱的日光，還有楊巨的聲音，一起迴盪在角落。

金龍抬頭看著楊巨工作室牆上掛的畫。

一、二、三、四、五、六、七、八、九，一共九隻羊。在一望無際的草原上奔跑。

他問楊巨，我看人家客廳還是公司掛的畫，都是萬馬奔騰，很有氣勢。怎麼你掛了九隻白羊。

我其實屬老鼠，跟羊相沖，鼠羊相沖，這樣才有戲劇張力嘛。楊巨嘴巴吐出菸圈，那些菸圈，小人似的會飄會走。

金龍該夜，深眠入夢。

夢裡，他還睡在老家二樓。那間原本以為父親要傳承給他的電纜工廠。左邊的木工廠，跟右邊的製紙工廠仍光亮亮，傳來工人搬貨出貨的做工聲音。他連同電纜工廠共眠，下沉，持續下沉，直至地底下數萬呎，深不見處。

一個無人知曉的墓穴。

國師

彭于晏同款假髮片，有了。

波波白文鳥的小字卡，有了。

造型打光燈，有了。

我第一次去國師家幫忙算命打工，是大學裡面紫微斗數研究社的社長介紹的。國師的前任助理拿著一本薄薄的，封面畫著太極陰陽圖案的筆記本，跟我交接工作項目。

國師總在白天開始飲酒，不到傍晚就醉得天昏地暗。

還沒來到命理工作室以前，我只偶爾在運動跑步或搭車通勤的時候看過國師的直播影片。他總會在節目開頭兩眼瞪著鏡頭喊著點讚了嗎，關注了嗎，小鈴鐺開啟了嗎。

如果聽節目的時候，正搭著前往學校的客運，常被他的巨大音量喊醒，整個人從昏沉的瞌睡瞬間醒過來，連帶整個身體抖一下。

雖然他被網友稱為國師，頭頂看上去白髮不少，但實際年齡沒那麼老。

前助理跟我交接工作時透露，聽說國師以前還不是國師的時候，只是一家電纜工廠的工人。技術跟工作態度也不怎麼好，唯一優點是開朗、懂聊天，還會幫忙收拾老鼠屍體。

以前年代喔，抓老鼠哪有在餵老鼠藥的，尤其那種工廠，根本來不及抓。當然是都放黏鼠板啊。現在年輕人都沒人知道這種了啦，只剩下一些鄉下地方還會有。很猛的強力膠喔，老鼠跑到上面，整個身體就被黏條條，黏到卡慘死。如果想跑根本不可能，只會更痛苦喔。

尤其，那種愈大隻的老鼠愈痛苦。

國師講故事的時候，倒是很生動。兩隻手像施展什麼看不見的魔力，十指手指張開，在空中抓啊抓的，像是要除魔。

我想起以前在老家，也幫阿嬤在廚房後面地板放很多黏鼠板，自以為布下天羅地網跟老鼠決一死戰。結果，連老鼠的影子都沒抓到，還黏到半夜摸黑急著尿尿的阿嬤。

也許，在社會走跳就是需要一些課本沒有教的本事吧。

我看過媒體報導他的神奇人生。

國師最初做的幾份工作都跟命理頻道毫無關聯。

據說他本名叫楊巨，從小到大常常被老師跟同學取笑，直到高職畢業以後，倒是變得比較樂觀。陽具就陽具，有啥好怕，至少還贏一些叫楊偉的。

離開電纜工廠以後，輾轉去木材工廠跟製紙工廠打工，兩家工廠也都在經濟風暴後陸續倒閉了。

他行李收一收，在電子遊樂場玩《快打旋風》跟《小精靈吃吃樂》。換了滿滿的十塊錢，擺在電玩遊戲檯上，一局一局玩下去。累了就睡在附近的便宜旅館。

他在電子遊樂場遇見一個光頭佬。

光頭佬叫他把名字寫在字條上，說幫他看看運勢。哎呀你叫楊亘。一邊拿著原子筆拆解姓名筆畫，嘖嘖說總筆畫十八畫，五行又屬金。

你應該是要幹大事的人啊，要做生意，肯定成功。

有啊，我到哪裡打工，哪間工廠就倒閉，還不夠大條是不是。

國師聽到這種又神又玄的事，想起了母親，這才意識到僅自己一人在臺北流浪。母親和佛學會的佛友一起跑進香團，根本沒在理他。問過自己姓名的由來，母親便難為情地笑著，羞紅臉回應，啊，出生沒多久從醫院抱回家，要給你換尿布，總是一直用手遮著自己的下面。我跟你父親都很緊張，想說是不是有什麼問題，有問題要帶回醫院趁早檢查。每天去看啊，早也看，晚也看，結果才沒過幾周，哇，你的雞雞那麼大，比其他嬰兒都大好多。

不知道什麼神來轉世投胎啦。母親笑著，極自信地說。

朋友跟班上同學以前不叫他國師，叫陽具。陽具啊，要是叫了沒有理會，就臭陽具、大陽具遠遠從對街大聲喊。

他本來就不喜歡讀書，上課都在跟同學聊天，不然就是在作業簿上畫漫畫。課本的學生姓名欄位也不好好填寫，畫一隻長著毛的大屌。任誰看了也都知道這是他的課本，軍訓課教官看到笑了兩聲，還給他，也不懲罰。

家人安排他高職的時候念汽修科的建教合作班，放學都要換上車行的制服去做實習，補胎拆胎、五油三水、引擎跟變速箱，全身又髒又累，白天躺在宿舍床上根本睡不醒。明明知道該起床了，但上身只起一半，坐在床板，腦袋迷迷糊糊像暈船一樣亂糟糟，常感到反胃想嘔，最後碰一聲，臉又埋回枕頭。

他對修車沒太多興趣，班上其他同學們不打工的周間會去夜市擺攤賺錢，大多是一些臨時工。幫忙原有的攤販顧攤位，賣盜版色情光碟片，賣女人兒童的內衣褲。有時候同學們去約會或發懶，他也會拿張小凳子去攤位坐坐，幫忙收零錢打發時間，賺一點零花錢。

國師那時候暗戀跆拳校隊一個女生。

女生也跟著整個校隊住在宿舍，每天早晨五點半就要起床練習，繞著宿舍大樹外的水泥空地跑步，一二一二，一圈又一圈的訓練。那女孩總是穿著白色厚料的跆拳道服裝，腰間繫著黑色段位帶。把長髮高高束綁成馬尾在後腦，一臉看起來很兇的模樣。

跆拳隊跟他們一樣，不常待在教室裡，體力活的時間遠遠多於黑板書本，他們總是會在夜市相遇。幾個跆拳隊的女生，傍晚一起去學校旁夜市買點炸雞排，豬血糕或泡沫紅茶。國師為了合理的跟女孩講話，搶著開店顧攤，又留守到最後收攤。

來往的人潮多了，他收錢之餘就坐在攤位跟客人閒聊。夏天的時候，多數男孩子都穿著棉短褲，國師的陽具輪廓被棉褲的材質包覆，如同浮雕一樣打凸在褲子表面。很多大伯大叔搭著他的肩，來找他聊天買盜版色情片，順便偷摸一把懶叫。

國師那時還沒在性方面覺醒。盜版光碟片的老闆娘總是毫不顧忌地一身低胸上衣小熱褲，有時細肩帶小背心，赤裸背部在攤位走來走去。

有次老闆北上補貨，只有老闆娘跟國師顧攤。收攤的夜半時分，他們把架子、鋁梯和光碟片打包放回小貨車後方。老闆娘忽然把車門用力一關，近乎一絲不掛地鑽進國師兩腿之間，好像小狗似的熱情舔著摟著他的身體。國師無法抑制地勃起，兩人以極不自然的姿勢在貨車裡晃動。

老闆娘喜歡鳥類。

這件事讓成為國師之後的楊亘，每當描述起這段回憶總是哭笑不得。

國師說，老闆娘家裡客廳有一籠鳥，鳥身鮮白肥嫩，黑眼珠，紅唇，唇端帶粉白。

只要主人靠近籠子，站在籠外，用鈴鐺，敲響三聲。鐺鐺鐺。

打開籠子，白鳥即瞬間跳出，一二三，踩踏在長形盒子上方。

低頭，飛快速度，以鳥嘴輕輕叼出一卡片。

吃一口飼料。

轉身，輕輕跳著，回籠。

老闆娘載著他回家，說帶他見祖先。

見祖先是什麼意思？我好奇地問前任助理。

神雕啊，神鳥吧。我也不知道。

助理跟我同時狂笑，繼續清理鳥屎。那些鳥兒倒是很可愛又很乖，耐力又強。不管我們怎麼在籠子附近打擾，牠們依然不攻擊人類。

聽說國師的第一隻白文鳥，就是在那時候取得。往後的數十年，國師都是跟當初夜市擺攤的那位老闆娘採購白文鳥。老闆娘過世以後，繼續跟她兒子買鳥。

他帶著鳥籠上訪談節目。主持人一臉興奮請他對鏡頭展示鳥的魅力，並進行現場鳥卦占卜。請國師告訴我們，養這幾隻神奇的，充滿靈性的白鳥要注意什麼？

國師沒有說真話。頂多說，飼養寵物需要培養信賴感，給牠們好吃的，關懷鳥的心情，牠們才會願意上班。

事實上，那些鳥通通都不能再飛了。

前任貼身助理透露三分之一，媒體的偷拍報導三分之一，加上國師自己嘴巴鬆說溜了三分之一。這三段長度加起來，拼拼湊湊接續得好長，扣除光怪的奇情豔遇，還有自我耽溺的神功護體。

大致從幾個人的嘴裡，能拼湊出國師的真相。

他的人生軌跡，大概一串 hashtag 關鍵詞就能說完。

＃高職畢

＃失業

＃臨時工

＃大屌

＃鳥卦

＃算命師

前任助理與我正式交接隔天，就馬上退出命理直播的 LINE 工作群組。像是逃命一樣，一溜煙就不見了。他留在辦公室的工作日記跟手機充電器都忘記帶走。

在國師家打工的日子很平常，我感受不到這跟去學校圖書館工讀的分別。每天早上十點到班，把客廳的百葉窗拉開，給角落的植栽澆水。訂午餐的時候，確認當晚的直播腳本，如果有搭配產品業配，通常會在白板上標記金主爸爸，或是乾爹打賞。國師畢竟年紀大了，接到的廣告業配多半是蜆精、人蔘雞湯、生髮水或保肝丸（根本沒有我想要的電動遊樂器或健身環）。

國師眼睛不好卻不愛戴眼鏡。

我們必須把腳本大聲地朗讀出來讓他聽到。他通常坐在窗前的電動按摩椅，雙眼閉上，緊皺眉頭。嗯，繼續說，嗯，好繼續說。

按摩椅讓他身體不同部位分區抖動，肩膀、背部、腰間、雙腿。看上去活像一個有帕金森氏症的老人。

最後，在直播節目正式開始前，把重點提示文字，寫成大字報掛在鏡頭後方就可以了。

說起來這份打工還真的不難，幾個禮拜就能完全上手了。每到傍晚，總會有段沒事可做的無聊時間。同事們聚在一起網購零食或交換韓劇心得。

那段時間，國師總是不見蹤影。

小房間裡總是傳來奇怪的聲音，有人謠傳國師總在直播前定時手淫。

也有人謠傳國師拚命找女朋友，來餵飽自己的胯下神鳥。只要沒有固定女孩子來，也沒有對象，時間到了就一定要手淫排解。

國師的父親好像是在他高職畢業前過世的。這裡沒人敢問這件事，但報紙卻有詳細報導。翻開那些報導，以為自己在看香港三級片，什麼玉蒲團還是肉蒲團之類的情色電影。

他滿十八歲考了駕照，坐在小客車的駕駛座倒車，一個倒退嚕，咻的一聲，把父親直接碾過去。當時，母子二人都坐在車內，感覺輪胎卡到東西，趕快下車來看。

母親後來整個人都變了，常常隨意跟不同男人回家一番雲雨。聽說有性病問題，還去醫院做了墮胎手術。

「何必墮胎呢?我寧可她生下來,弟弟也好,妹妹也好。跟一個願意愛她的男人另外共組家庭。」

國師後來沒有去大學,他也拿不出高職的畢業證書。

他在工廠上班後,還繼續幫夜市老闆娘養鳥、餵鳥。老闆只要一出遠門,就立刻和老闆娘在客廳脫褲子賞鳥。

據說有幾次,兩人劇烈搖晃到一半,剛好地震來了,他們也不逃跑。伴隨地震的節奏在地板上持續擺動,直到射精。

這些謠言隨著辦公室人潮來來去去,從來都像海浪一樣,時而洶湧沒有真正消退。

某次直播前,國師又走進小房間,不知道睡覺或手淫。

辦公室裡一個人也沒有,我獨自偷偷靠近鳥籠。

小白鳥在籠內與我眼神對視。我打開小巧的柵欄。嘴巴不斷哼著唧唧的聲音，小鳥很快跑出鳥籠，站在一列字卡盒子上，東跳西跳，猶疑許久，卻沒有為我叼出任何一張占卜籤詩。

你要敲響鈴鐺，通知他。國師的聲音忽然從我身後傳來。

國師已經戴好網購回來的彭于晏強力假髮片，遮住前額跟頭頂的一片光禿。他不但沒有生氣我擅自打開鳥籠，靠近文鳥，反而一臉笑容，悠悠地說，好吧，給你做個占卜。

角落的鈴鐺，鈴鈴鈴，很有規律響起三次。

白文鳥，眼神轉動，輕盈往前跳三步。

叼起一張牌卡。

轉身，再往前跳三步，回到籠內。

國師打開鳥卦籤詩，裡面是古典水墨畫。一個穿著七彩仙衣，手持花朵的女人。故事主題寫著：仙女送孩兒。

綠柳蒼蒼正當時
任君此去作乾坤
花果結實無殘謝
福祿自有慶家門

聽過董永的故事嗎？國師問。

我說，不就是牛郎跟織女的故事。

那是漢朝董永的豔遇。國師呵呵笑。

董永就是一孤兒，小時候就沒了媽媽，一個人跟父親相依為命，生活很辛苦。後來父親死的時候，家裡連辦喪事的錢也沒有，還要借錢辦葬禮。結果，辦完喪事，走在回家路上遇到一個女人，主動說彼此有緣分，要嫁給他。沒想到，這女人天天為他織布，這些漂亮昂貴的布賣了好價錢，改善他們夫妻倆的生活。誰知道，生活好轉沒多久，女人竟然就說要離開。她說自己是天上的仙女，看到董永這麼孝順，於是降落人間來幫忙，現在要飛回天庭了。

我第一次這麼近距離跟國師說話。

禿頭以外，他的皮膚卻很細緻，皺紋和毛孔幾乎沒有，像是打了電波雷射。他的瞳孔非常黑，眼睛黑白分明，看著人說話的時候，眼角還帶著水潤。

如果這時候國師一本正經地掀起上衣或脫下褲子，「其實我生下來就有三顆乳頭」或是「其實我生下來就有兩種性器，我有陽具也有陰道。」這些肯定用屁股想都知道是謊話的句式，說不定我也會直接相信。

我很好奇國師接下來會怎麼解籤詩。

這是一首吉籤。

我沒回應。心想，這我也知道。

這時候門鈴忽然間響起來，是黑貓宅配物流。

正思考著要打開大門取貨的時候，國師問我，你現在幾歲？

我說，剛滿二十五。

他忽然走向玄關旁，把整個工作室的燈都關掉。時間來到黃昏，室內顯得更暗了。

國師慢慢地把腰上的皮帶解開，啪一聲。

坦白說，我當時並沒啥害怕的感覺。我就一普通宅男，還沒錢，他能圖我什麼（只是心想著，怎麼樣，現在是要給我看內褲鼓起一大包了，是嗎）。

結果，網上曾報導得如此火熱駭人的種種聽聞都不存在。

我沒有看到陽具，我看到玉米筍一樣渺小的東西。掛在國師下體。

如今回想那天發生具體的什麼事件，實在很難還原。印象中大約是黑貓宅配司機搭著電梯上樓，在走廊喊著：命理研究室你們的包裹到了喔。

總而言之，就那樣，我也提了離職。

回想起來，這也都是兩年前的事。打開臉書，還能看見國師旁邊打著鎂光燈，背後的大尺寸液晶電視螢幕投放著樟腦丸或精油的廣告，桌上擺著貔貅、紫晶洞跟玉佩佛珠。

唯一不同的是，我離職時偷偷帶走前任助理的工作日記。

七月十日，這是我來國師工作室的第一天。

好興奮啊，今年流年命宮貪狼化祿，期待發財桃花多多。

七月十五日，今天小鳥占卜，國師說我前世肯定是朱雀巫女。但我明明就是一個男兒身，真奇怪。

八月一日，國師凌晨三點半打電話給我，當時不用說根本熟睡中。他說半夜睡不著想到我。這樣算是職場性騷擾嗎？

八月八日，今天是父親節。本來有家族聚餐，誰知道國師也有直播，弄得我都不能和家人吃飯。收工後，國師把我叫到角落，為我卜一卦。還給我大紅包，祝我畢業快樂，鵬程萬里。

九月，來這裡打工是想跟國師學看盤的技巧，也想知道在哪裡批發白文鳥。學校附近有一家叫角落的咖啡店，有塔羅占卜師跟手相算命師。他們每天都在咖啡店，吃店裡的，喝店裡的，還拉屎在店裡。大學在咖啡店打工，我每天收店洗廁所還要刷他們的屎。

他們做的事情也很簡單，只要叫客人拿出手來啊，看完左手，換右手。最後客人再用同一隻手往皮夾裡拿現金，放入紅包袋。五百元或兩千元，幾小時就賺到了。

實在讓我好羨慕。

九月二十，真的撐不下去了。

來這裡都兩個月，什麼看盤技巧都沒學到。國師傍晚又把我叫進去小房間，他說叫我站在牆角轉過身，站著別動就好。

噁心死了。鼠蹊部熱熱的頂著我的屁股。弄了老半天，我的褲子背後有一種水餃皮的怪味。我才二十五歲，國師都已經四十八歲……現在只要想到打工，就覺得一切都很煩。

離職後的某天，趁著工作室無人，我按著密碼偷偷溜進去。角落的白文鳥正在鳥籠裡發呆。我一手抓起鳥籠，一手拿著鈴鐺飼料和籤卡盒子。

當我回過神來，我已變成一個偷鳥賊。

鈴鈴，鈴鈴。

半夜，我把鳥籠擱在地板上。搖著鈴鐺。

模仿國師的手勢，食指中指併攏，朝打開的鳥籠大門外揮舞。

小鳥很快如同往常那般跳了出來，不鬧不叫。甚至連一點唧唧的聲音都沒發出。

鳥兒在籤卡盒子上跳來跳去。最後，低頭啄了一張卡片。

我讓他吃了盒子底部的一粒白米，小鳥又跳著回到籠內。

鈴鈴，鈴鈴。

白文鳥啄出的圖卡畫著：鳥精鬧宋朝。

風雲致雨落洋洋

天災時氣必有傷
命內此事難和合
更逢一足出外鄉

不知道如何解籤的我，只好前往龍山寺問師姑。師姑說，這是大鳥的故事啊。觀世音菩薩身邊有一隻大鵬鳥，幻化成人形，跑到人間作亂，導致天災人禍一堆，弄得民不聊生，百姓都不能過日子。最後，觀世音菩薩下凡，收服大鵬鳥，替人民解患。

從龍山寺回家的路上，家人打電話來，說銀行的存簿印章消失了，然後廚房的米桶消失了，客廳的白文鳥連帶籠子也消失了。

打開手機，國師依然在直播，新助理神情慎重地端著白文鳥放到展示桌上。小白鳥跟以前一樣有著純真靈動的眼，在籠內籠外律動跳著。

那陣子，我總是做夢，夢裡自己兩條手臂都變成雪白色的鳥羽。有誰拿著銳利大剪，喀嚓喀嚓，利索地把我兩條翅膀都剪斷了。

醒來的時候，我看著鏡子裡的自己，忍不住嚎啕大哭。

空屋情人

午後，一個提著菜籃的女人，抓著紅藍綠三色雨傘，步伐急促走進發大財不動產店鋪。

招呼的風鈴聲吟吟作響。空蕩的不動產辦公室迴響風鈴跟藍芽音響傳出的背景音樂。女人身後的菜籃，裝滿從傳統菜市場買入的活魚跟豬腰。辦公室的冷氣讓食物氣息瀰漫得很快，我覺得自己空空的胃囊彷彿瞬間被裝滿油膩的菜。

我低頭，稍微整理了領帶，請女人先在沙發區域入座等候。趁著女人低頭整理隨身物品的時間，我一面倒茶，一面用餘光快速掃視對方。關鍵字如跑馬燈流過腦袋：老年阿姨、黑色塑膠包包（可能是收租婆專業大戶）、低調有錢人、住附近、急性子。

我把熱茶遞給阿姨，說最近傳染病多，還是喝熱的好。小心燙口。阿姨接過遞來的熱茶，一點都不嫌燙，很快咕嚕喝了下去。她要求我拿出這一區域的四房兩衛浴大坪數物件來看看。

這樣的物件其實不多。我看著阿姨，一邊打開手上的平板電腦。

其實，我家現在也沒那麼多人，我就是想先買起來。我兒子要娶媳婦啦，你看看，如果年底生一個，過兩三年又生第二個，那不是至少要有三間房嗎？另外，還得多留一間給他們做書房。

對，孩子教育很重要，書房還要選採光好的，風水好才能專心讀書。

阿姨豪爽地聊開了，她說自己買過的物件可是不少。從三重埔聊到新埔，又從天臺聊到天母。她隨身帶的黑色塑膠包包邊緣都脫漆脫皮，正在掉落皮屑，看上去跟這番言論實在極不搭配。

百葉窗縫隙射入外頭的陽光，她開嘴說話時，齒列後排幾顆金牙被陽光照得閃閃放光。我喜歡這樣悄悄觀察別人，屋子最後成交不成交倒也不是最重要。她年紀看上去大約六十到六十五歲，就像馬路上或捷運裡到處可見的老年女人。身材矮胖，穿著卡通圖案的棉質家居服配深色雨鞋，那一把正在滴水的疑似市場擺攤專用三色傘，也像大賣場糖果一樣，散發著廉價味道。

下雨天到訪，穿著卡通衣服的阿姨，看起來像一塊吸飽水分膨脹的菜瓜布。指甲縫殘留菜市場魚販或肉販有的腥味，來不動產尋找其他窩居。

梅雨季節，除了這一檔仲介生意，我幾乎都在街上無目的地遊晃。成天提著扁扁的公事包出去兜圈，又提著回來。

「對不起，政府打房，經濟又不穩，你們領固定本薪以外，可以外面接一些兼差，看是要做外送還是團購，店長沒有意見。」

公司的店長在無人知曉的時候，偷偷在店裡的行事曆白板貼上這則公告。

也許，我該振作起來，試著把阿姨這一單做好。發大財不動產好久沒有發大財了。不要說交易成功的業績獎金，我根本領底薪好幾個月，薪水都毫無起色。

每次帶著不同組客人去看房，簡直是看心酸的。家裡大門方位對了，但樓下大門方位不對，就跟我說生肖刑剋，謝謝再聯絡。不然，就是嫌棄廁所沒有對外窗或是陽臺曬衣空間狹小。

真想跟那些人說，拜託行行好，不到五百萬的房子，您還想要有寬敞的陽臺種花種菜啊。請您往其他地方找吧。我就知道屏東很多，您還能直接買農地，旁邊養些雞鴨，收些雞蛋鴨蛋早餐用來配稀飯。想怎麼蓋就怎麼蓋呢。

但這些話，終究沒能說出口。

我微微彎著腰說沒有關係，都可以再考慮。有什麼想法就隨時聯繫我，LINE 或是 FB，我都會馬上回覆。

我就像等待主人發放飼料的狗。

拉拉領帶，再度打起精神與眼前的阿姨對話。

當阿姨第二次重複要四間房的時候，我發現她的眼角泛起了淚水。

我拿了張面紙給她。

哎唷，謝謝你啊。我就是太早起，加上年紀大了眼睛也不好，看東西一下子喔，眼睛痠，眼淚就直接流下來。閉眼睛休息一下就沒事。

我跟阿姨約好看房的時間，周末下午，她還可以帶著兒子媳婦一起來。

那棟美術館附近的社區大樓，捷運才通車沒多久。坪數大，戶數少，而且還有兩個進出口，一邊往大街，走出社區大門散步就能到百貨商場。另一個出口，小巷子，比較蜿蜒，繞來繞去，但是走這裡很快就到捷運站。

我把房產資料跟路線圖背得清晰爛熟，盡量把我所知的細節告訴他們。轉動大門鑰匙，趕緊打開客廳的落地窗，讓久未日照的客廳稍稍通風。

你們看，空氣對流很好，不用擔心。

外頭吹進的風，呼呼灌進屋內。

確實是很涼爽，對流很好。阿姨的兒子穿著皮鞋內外踩著。

他的鞋底不知道先前踩過什麼地方，臭得要命。泥土色的鞋印，印滿了客廳，一路蔓延到廁所。

聞到臭味了，是不是剛剛踩到狗屎。

不，我忍住，我一定要忍著。

外面陽臺空間也很寬敞，可以走出去看看。我把眼睛瞇起來，嘴巴露齒擠出笑容。

不錯嘛，這邊是坐南朝北的嗎？

方位我幫您確認，不是南北向喔，這間是東西向。大門朝東南方。我看著資料卡繼續介紹。

東南？別開玩笑了。死符啊。

死符什麼？這間不要買你的名字，買我的怎麼會死符。你老媽我屬龍。

我都幾歲了，還要買你名字。

阿姨跟兒子吵了起來。

我暗暗觀察那媳婦沒有加入母子二人戰爭的意圖。她摸了摸手提袋，拿出手機。一邊低頭滑著手機，臉上雲淡風輕。

生肖問題嘛，我剛查好了，LINE給你了，你自己打開看看。東南也沒關係，樓下大門跟主臥房方位都對你很好啊，沒有影響。

阿姨跟兒子把兩顆頭親密靠在一起，湊在小小的手機螢幕前面看了又看。

媳婦叫我帶她去看看其他房間。

我一向很害怕這種家庭紛爭的場面，不用加入爭吵還能暫時離開真是太好了。穿越客廳旁的走道，往裡面走，我先介紹了次臥室，有對外窗，只是朝著隔壁棟距離比較近，有帶一個衛浴，沒有浴缸；再來是最裡面的主人臥室，空間寬敞，可以做系統衣帽間，裡面帶一個大衛浴，有按摩型浴缸，建商在設計的時候就涵蓋進去了。

太太您看看，這是選用德國進口的按摩衛浴，它還有三段變速力道，工作一整天累了回家就能這樣躺在裡面，泡澡放鬆。

不要叫我太太，我跟他還沒正式結婚呢。

喔喔，好的。

您看看旁邊這裡還有乾濕分離的側型收納牆。放吹風機、浴袍、一些瓶瓶罐罐都可以收進去，再把拉門拉上，您就不用擔心這些衛生用品會容易沾染灰塵，打掃起來也會輕鬆很多。看您的樣子還是上班族吧？

對。我在百貨上班，就前面往大街走那個商場。

那您住在這裡肯定是最方便了。您看上去像是在百貨的化妝品牌工作，不曉得我說的對嗎？

應該不難猜吧。

啊，是……

你的肩膀很寬。那媳婦忽然這樣說。

很多人說我肩膀跟太平洋一樣寬，叫我太平洋寬肩呢。

那怎麼不去太平洋房屋上班呢？

啊，是……

真是糟糕，又陷入尷尬的窘境。我實在不擅長跟女孩子聊天。雖然選擇房仲業務，也不是因為特別喜歡人際關係，或者能夠周到地打點好人與人之間的疑難雜症。只是純粹想要有自由彈性的工作時間，誰知道上班一年多才發現，根本不自由不彈性。配合買賣方彼此都相容搭配的時間，天都黑了。午餐變晚餐，晚餐變宵夜，想到就想哭。

深呼吸，沒什麼好緊張的。只是一個化妝品推銷員。

阿姨跟兒子拿著手機，表情不悅地走進來。

好吧，就聽我媽的，東南就東南，死符就死符。我什麼沒有，爛命一條啦。兒子用力把手機放在他女友手裡，轉身離開現場。

我看著他離去的身影，地板又是滿滿的腳印。濕濕黏黏，金黃色，還帶味的。難道其他人都沒聞到嗎？

他們一陣鬧哄哄離開，約好改天再來看。

在大門完全關上以後，我終於忍不住露出嫌惡的表情。走到浴室拿出早已歪斜的拖把，在水桶裡隨意倒了洗地水，從主臥房一路拖地，拖到客廳跟陽臺。看看手錶，竟然已經晚上八點。我坐在陽臺累得喘氣，打開手機裡的送餐APP，準備訂一份外送晚餐到這裡。

沒多久門鈴響了，我以為是外送員。

打開門一看，竟然是下午看房，那個在百貨公司上班的小姐。

她走進玄關，把仕女包換右手拿，再用左手把收起來的雨傘立在牆邊。我看到仕女包正面附著的名牌標籤。兩個雙C英文字母反向交錯。

她說還要再確認一下細節，我沒考慮太久便讓她進屋。

光線暗淡的室內，她無表情地環視四周，走到外推的陽臺。站在陽臺說，這裡看出去沒什麼美麗的風景。

說真的，這裡跟城市中心任何住宅區都有的景致無異，只能看見樓房和街樹。在附近的商場上班的話，她大概天天都看膩這種風景吧。她的側臉臉頰輪廓並不特別立體，要認真分析甚至有點平面，反而鼻子相當立體，鼻梁還有一小節微微凸起的骨節，鼻頭跟鼻翼沒什麼肉。我的前女友也是長了這種鼻子，不笑的時候，顯得非常淡漠。

她站在陽臺許久，像是把四周風景甚至地形都看遍了，也像是在思考盤算什麼，不是單純想吹風或感受夜晚氣氛。

門鈴再度響起，我想這次總該是外送員吧。

竟然也不是。

自稱是住在對門的一個男屋主，簡單打了招呼就自行走進屋內。

我完全來不及阻止他。

他直接走到陽臺，跟女人肩並肩站著。

我該如何拒絕呢。可以說，抱歉，現在不是看屋時間。還是說，我們一次只允許一組客人看屋。但事實上，現在根本是下班時間，我只是孤單一人等著外送晚餐罷了不是嗎？

當我正思考該把拒絕話術包裝完美，好讓客戶不投訴我又同時保留購買的意願之時，男子把手輕輕搭在女人的肩膀上。

我遠遠看著那嘴形彷彿在低語：我太太不在家。

這顯然不是初見的搭訕或勾引。

他們在光線幽淡的陽臺輕輕挪動身體。她拎著的仕女提包忽然敞開掉出許多化妝品試用包，兩人彎腰忙著撿口紅、乳液、隔離霜。

外送員忽然出現，站在敞開的玄關大門前，用力按門鈴。

炸雞外送喔，B棟十號六樓，是你們嗎？

有三個人喔，這邊只有一份，這樣不夠吃。看要不要加點，再打電話給我。九點以前喔，我們點餐最後時間就是九點。

外面的雨一直下著。從那個鞋底有狗屎的男人離開後，雨根本沒停，一直不停地下著雨。女人看來很疲憊。男人轉頭看著我手上的炸雞，叫住外送員。讓他再多送兩份炸雞腿來，要辣粉，看我沒點飲料，又說要三杯可樂。馬上從口袋掏出一千元給那個外送員，還笑笑地說不用找了。

我把公事包裡面的報紙隨意攤開幾張，當作地墊鋪著，坐在報紙上啃起剛剛送來的那盒炸雞。雨勢不小，從陽臺打進來，男人跟女人一起把落地窗稍微拉上，也過來坐在我身旁的報紙。

三人就這樣坐在陽臺的落地窗邊。女人的肚子傳出咕咕的鴿子叫聲。他們看著我的炸雞盒，我實在忍不住，只好說那分你們一點吧。他們一人取一隻雞腿在我面前啃了起來。只有炸雞，沒有可樂，也沒有冰啤酒。真是有點鬱悶啊。時間走到九點喝啤酒剛剛好，太晚會頭痛，隔天不好早起。

小姐你考慮得怎麼樣，要買這間房了對吧。我向她挑個眉，使了個眼色。

坦白說，我不大了解現在自己開口說話的心情怎麼回事。明明這間房子也不是我們三人其中一人的，卻坐在地板萍水相逢似的吃著發燙的辣味炸雞。我們像是參加生活營隊的中學生，只是地板中間沒有燃燒的火種。這種感覺也像在路上駕車到一半，遇到三叉口，不知怎地往不確定的方向前行，但卻沒有要停止的意思。

我是喜歡這裡，很近。真的很近。女人一邊應答，一邊看向身旁與自己肩靠肩，自稱對門住戶的男子。

B棟十號六樓，我從來沒留意過自己管理的房子對門住著怎樣的屋主，跟我手上的物件有什麼緊密或因果關聯。畢竟，通常一次買兩戶打通的客人，往往只會是同一家庭。而他們看起來不像家人，倒像是舊識。

我把吃剩的雞骨頭丟進空的紙盒。腳邊的報紙因為雨水也變得潮濕起來，我忽然感到有點落寞，從上午開始就在同一個地方轉來轉去。好幾個月領著底薪，根本沒成交記錄。雖說這也並非失常，我本來就不是什麼業績王。只是，面對無法順利推進的案子，外頭打進的雨讓我更沮喪低落。

可樂的錢，我就不另外給你了。就當作我請你吃雞，你請我喝飲料吧。我對眼前的男人說。

男人剛好接起手機，我用餘光窺視，螢幕顯示：太太。

嗯，我還在工作。

看來是妻子打來的電話。

女人低頭看向大門，嘴巴微微張開看起來想說什麼，又像是口渴想要找喝的。

天空陰沉的夜晚，一切黯淡。我打開手機聽音樂，等待可樂外送。此刻不管做什麼已經沒有心情。對於這間房子是不是能在近期成交，我也不想再管了。

這時門鈴再度響了。

外送員笑咪咪的提著大罐冰可樂，還有一盒薯條跟紙杯。他把提袋交到男人手上，大聲說謝謝先生太太，那你們的餐點都送到了。薯條是附送的，希望你們喜歡。再轉頭看著我說，辛苦啦房仲先生。

這對男女並沒有解釋他們的關係。

當然，只是一個路過的外送員，先生太太還是姦夫淫婦又有什麼重要。炸雞實在太辣，除了趕快拿出紙杯倒滿可樂，我不想再做其他事。我坐在地板大口喝起來。心裡暗暗想著，下午的那位是未婚夫，現在晚上這位是前男友，還是偷情對象小王。

他們在我眼前愉快地吃著熱騰騰的炸雞，扭開汽水瓶蓋，可樂的氣泡滋滋作響。整間房子裡面充滿油炸跟糖分的香氣。

我想起白天那阿姨跟她兒子看屋時，不斷重複爭執的風水話題。東南方就是死符啦，你就是要我住在這，健康不好事業也不好。死路一條。

眼前這女人究竟期待什麼呢？想買還是不想買。她根本沒聞到未婚夫腳底的狗屎味吧，那麼濃郁。不過，時間都已經那麼晚了，她臉上的底妝跟眼妝還是如此精緻，不但沒有出油浮粉脫妝，臉上還那麼粉嫩，像是由內透出光采。

不動產的店長曾在員工聚餐的時候提過，很多這樣的百貨公司小姐，她們都不只是賣賣化妝品，有時候也會賣別的東西。

你留意那些看房客戶的年齡差距就知道了，店長說。

我說啥啊。

笨啊，如果很老的男人跟很精緻很美的年輕女人，還看小坪數或一加一的款式，這種就是金屋藏嬌。

我屁股底下的坪數如此大，四房兩衛浴。不可能。照理說這樣不是包養。不然，難道是騙婚。

我忽然覺得很感傷，不知道為什麼。不知道是為了那喉嚨裡喊著死符的男人，還是為了提著菜籃的老阿姨。倘若這棟房子未來即將成交，我是否給素昧平生的人帶來無法彌補的傷害。我無意傷害任何人，我在心裡對自己辯解。

窗外的雨聲從唏哩嘩啦變成滴滴答答的時候，女人已經把餐後的垃圾收拾完畢，連同我的份。

她叫我把手伸出來，說要給我看手相。

我實在太疲倦，也就照做了。

哎呀，房仲先生，你的感情線全都是鏈子啊。

什麼鏈子？

就是像鎖鏈一樣。你看看。一圈又一圈，彼此交纏，像長長的鎖鏈從手掌心綿延到最外側。這樣很糟糕，要小心感情騙子喔。

竟然還要延續下午的話題，我疲憊地注視窗外，把手上那杯冰塊完全融化的可樂慢慢喝完。過沒多久，一輛黃色計程車駛來，在大樓門口停下，不斷按著喇叭。男子轉頭跟女子說，走吧，車給你叫好了。

我從陽臺看著他們二人都上了計程車離開，終於鬆一口氣。回頭發現客廳角落殘留幾塊炸雞雞皮，還有灑出來的幾滴可樂。但我實在累得不想再打掃了。我希望當作今夜什麼都沒發生過，趕緊忘記。莫名的夜晚與這對男女，我連他們的姓名都不曉得，還一起吃了炸雞宵夜。這種感覺就像是在深眠中，有什麼東西跑入嘴裡，一口誤吞，令人感覺很不舒服。

送走了叫雞的男人跟吃雞的女人。

整屋子又陷入原先的安靜。

我直接把皮鞋穿著，走回屋內的主臥房。整個人往後一倒，讓身體陷進主臥房的床墊。後腦勺跟四肢都衰弱得無法再活動了。這床真大，兩條手臂可以完全橫向擺放舒張。一點阻礙都沒有。

隔天醒來的時候，我發覺自己竟然躺在那間空屋的主臥房睡了一夜。起身的瞬間，手腳痠疼，頭痛的記憶裡仍帶著不安與莫名的歉意。

手機傳來急速的震動。

店長命令我趕緊回辦公室，說是有天大好消息。

我趕緊把地板的襯衫西褲隨意擼上身，洗澡水都來不及放掉，就拎著公事包奔回不動產辦公室。

店長竟然在門口迎接我，雙臂摟抱著我說，幹得好。那棟燒死一家人的凶宅，終於賣出去了。你不簡單嘛，用的是什麼方法，哀兵政策，這次有效喔。

我提著公事包，站在發大財不動產的店門口，一時之間說不出話來。

店長拉了兩串鞭炮慶祝，炮聲隆隆。

那幾日，我幾乎什麼也想不起來。同事說我每天走到店門口，對著遠方張嘴發呆。

放在辦公桌上的蘋果腐敗發臭，皺巴巴的，是唯一留存日子的紀錄。

茶藝館的搖滾蛋寶

蛋寶在醫院門口過馬路，走向對街的峨嵋停車場。

一個化著煙燻妝的男孩被擋在捐血車車門旁。穿著運動服的阿姨對他搖頭，幹嘛搞得男不男女不女，你是同性戀，這樣不能捐血。

男孩狠狠瞪了阿姨一眼，把菸扔在地上，轉身離去。

蛋寶心想，昆明街口的醫院從來都像座白色大墳。雖然中間空曠的弧地，總有幾個滑板少年腳踩風火輪般跳躍旋轉、飛上飛下，依然不改這裡華麗生猛與陰氣的複雜氣息。

蛋寶跟其他男孩們一起走在街頭，所有少年的背上都有黃昏的亮光。

其中最吸引路人目光的，是西門町搖滾樂隊的主唱兼吉他手蛋寶。

他身著黑色緊身皮衣，走在潮男潮女的呼嘯聲裡。右肩背著手工皮製的樂器袋，吉他的輪廓掛在他清瘦的身後。

一周唱三場，七點準時開唱。

從前的木船民歌西餐廳被改裝成搖滾看守所。

空間極小，擠進好多熱情的樂迷粉絲，只要演出嘉賓有蛋寶，幾乎場場爆滿。粉絲通常一人先去排隊，其他人去買老天祿的滷味，長長的排隊隊伍總是瀰漫著鴨舌豆乾的香氣。

蛋寶一直在西門町生活，他閉上眼睛都能走回家。

直走右轉那一棟鮮紅建築物是經過無數改裝重新開業的電子舞廳，舞廳樓下是阿美雜貨檳榔攤。日本連鎖服飾旁的窄巷是龍虎雙刀相對的刺青店。他把這些都寫進歌詞，這裡以前是加州健身房，萬國百貨，烏龍院明星海報店，染著金髮穿吊嘎的臺客，按慣例先去阿美嬸的店買包硬盒七星菸，再到刺青店門口看妹打屁。

搖滾樂隊的創始人，嚴格講來說不定是蛋寶他母親，小鳳鳳。他遺傳母親的歌藝天才。

新鳳都、歡喜樓、夜上海清茶館，萬華的巷弄裡總是傳出歌聲。蛋寶母親，小鳳鳳就在茶藝館，陪客人泡茶，唱卡拉ｏｋ。除了小鳳鳳以外，茶藝館還有幾個跟她感情要好的姐妹，珍珠、牡丹等人。紅包場老闆欠債落跑又續借高利貸，最後在金銀大歌廳的梳化間上吊走了。歌廳裡不再有人光顧，所有歌女一時間沒了收入。

小鳳鳳求助地方的民意代表，跟幾個姐妹湊了湊私房錢，終於在三水街開了間小型的茶藝館，勉強安定下來。

茶藝館裡歌聲洶湧。男歌女歌都靠著麥克風回音在累積感情。

蛋寶不只有小鳳鳳一個母親，膝下無兒女的珍珠跟牡丹姐也像是他的媽媽。這裡女人多，男人少。

樂隊裡感情比較要好的兄弟常跟他開玩笑，說你蛋寶就是賈寶玉，住在怡紅院。人家紅樓夢是名門世家，你是茶藝館貧窮公子。

蛋寶高中畢業就沒再繼續讀書了。

他也不是那麼討厭上課，有些科目還是挺有趣的。只是國文英文數學自然歷史幾乎不及格，只有作文勉強可以。老師抱著鼓勵的態度，叫他多寫幾篇來看看，還想派他去參加比賽。

那時候母親剛失業，他在歌廳後臺連覺也沒睡好，還餓了兩餐。一陣怒氣上來把課桌椅都掀了。蛋寶對著老師咒罵，就是有你們這些人，自以為清高，害得我媽失業。我們現在連家都沒了。

老師受了驚嚇，不是安撫蛋寶或其他同學，反而躲回導師辦公室讓教官來處理。

教官踢著他的後背，逼他到樹下罰站。這樣還不夠，打開緊急通訊錄，身家調查打電話去茶藝館叫小鳳鳳來學校。

不就是作文簿，老子福利社買十本給你。蛋寶對著教官的臉噴口水，連罵好幾句三字經，還摔壞辦公室的電話。學校回給他兩大過外加留校察看。

小鳳鳳本來想讓蛋寶高中畢業就在茶藝館幫忙，叫茶葉、切水果、送貨這些都不難。早點畢業就能早點幫忙。她頭上鯊魚夾，腋下皮夾匆匆跑來學校，對著老師跟教官說，我們不升學沒關係。她也不跟老師道歉，拉著蛋寶的手說，我們回家。

蛋寶本來以為不去學校，可能會有點難過。隔了一段時間，發現那種失落的感覺只像一塊冰塊在手中碎掉，後來什麼事也沒有。

蛋寶那時候還沒在搖滾看守所唱歌，偶爾在茶藝館上臺陪著老顧客哼哼幾首臺語老歌罷了。某次，茶藝館來了看上去頗年輕的客人，留著中分的短瀏海，眼睛小小，笑起來彎彎瞇瞇的。他跟著公司的老闆來放鬆，聽說在發大財不動產當房仲業務，到處跑，人脈廣。聽見蛋寶沒工作，主動說自己知道一份清涼的好差事，介紹他去天后宮當廟公。

房仲說，當廟公不容易啊，不只是本身信仰問題，主要懂這一帶的地理環境，吃的用的喝的。現在廟裡工作比以前複雜，以前都用長輩。現在觀光客多啊，問你哪裡可以買面膜，哪裡買衣服，要回答得出來。現在政府推環保，連拜拜都用電子香，奉獻金都掃碼付款。節能減碳喔。

蛋寶開始白天在天后宮，晚上在搖滾樂隊的雙重生活。

太陽下山，脫下背後印著阿彌陀佛的黃色背心，換上黑色緊身牛仔褲，背起吉他到練習室跟其他團員彩排演出曲目。日與夜，直到收工，再買份滷味宵夜走回夜上海清茶館和母親一起享用。

有時他仍會自惡夢中驚醒。空無一人的黑夜街頭，母子兩人大包小包，從歌廳後門狼狽逃出。蛋寶提著母親的兩大箱秀服，深褐色箱子邊緣已褪色剝落，和母親脫妝的雙頻一樣斑駁。箱子中間一大塊泡過水的漬印，整副皮箱散發異樣的酸味老味。

走入捷運站六號出口。好不容易把幾卡皮箱從月臺扛入車廂。母子兩人累得頭靠頭睡去，捷運載著他們駛向更深的黑夜。

凌晨三點回到租屋，在菸味、餿水味和潮濕的霉味裡，滴滴答答的聲音從後陽臺傳來。蛋寶走到陽臺，颱風帶來的雨水，浸濕整塊傾斜的地板。臉盆、菜瓜布、衣架，都像是漂流在小河上的孤獨浪蕩者。

等他收拾完畢，走回客廳，母親已經累得熟睡。他將母親抱起走進房間，替她蓋好薄被，隨即回到客廳沙發躺下。沙發上有母親留下的香水味，他將鼻子湊近沙發邊緣用力嗅著，在他記憶裡從小就只有母親的味道，母子相依為命。沒有任何同學知道他住在這樣一間窄小髒亂散發惡臭的漏水屋。

他睜開雙眼，再也無法入眠。母親熟睡，完全不知曉蛋寶深夜的憂鬱疲憊。他走到客廳，拿出吉他，讓無止盡的低音，在地板低調迴旋。他舉起左手手腕的黃水晶，那是剛到天后宮上班，天上聖母媽祖娘娘賞賜給他的。瑩亮的黃色水晶在夜裡發光，他想起同學們，想起以前學校的音樂課，幾乎只有唱唱歌，分高低音的聲部。從母親那個年代音樂課本就是蝸牛與黃鸝鳥，現在還是一樣。

但是，街頭可不一樣。母親去上班，他就在武昌街、成都路四處流轉，聽過無數次街頭藝人的表演。幾乎所有熱愛音樂的男孩，首選都是吉他或電子鼓，他也不例外，熱愛鍾情電子吉他。

吉他才是樂隊的靈魂。

拿著吉他彈片，雙眼緊閉，手指按著琴弦上下遊走。

他看著窗外透進來的光，照出整面牆上歲月交錯的裂縫，一隻壁虎無聲無息地溜向角落，溜向又一個新的黎明。

茶藝館天花板的霓虹燈閃閃發光，臺味十足。改裝後的夜上海清茶館每周一三五作臺語老歌演唱，周末假日則暗自邀請辣妹或第三性公關反串表演。

你攏嘸知現在錢有多歹賺啊。珍珠坐在小鳳鳳隔壁，邊嬌嗔抱怨邊化妝。手不由自主把眉毛畫得愈來愈上揚，最後呈現一個驚嘆號。

暫時黏貼的薄鏡超出木板邊緣微微突出，狹窄簡陋的梳化間，卻有著濃厚豔麗的脂粉味。桌上擺著大罐粉底液被眼線膠滲入，像是一條小黑蟲緩緩爬進滿土的莊園。

小鳳鳳、珍珠、牡丹，全共用這罐粉底，臉跟脖子起碼差了兩三個色號。不過，站上舞臺，強烈的聚光燈底下，雙頰的粉不但不顯得厚重，明亮度還很到位。

蛋寶發現，來茶藝館消費的男客人們，多數上了年紀。有退休獨身的老兵，有老婆早逝的鰥夫。當然，更多的是從妻子身邊逃出來，暫時呼吸一下外面空氣的中年男子。

鈴鼓聲環繞著小鳳鳳明顯發福的身體，下垂的乳房是兩顆泡過水而無人關心的文旦，地心引力使它們幾乎要親吻到小腹，胸前一假鑽設計的花朵遭到過度撐擠而變形。

「你問我愛你有多深，我愛你有幾分。」

男客總是讓小鳳鳳唱這首歌，好像百聽不膩。穿著休閒服的阿伯，從胸前口袋拿出一塊折好的紅包袋。

來，小鳳鳳小姐。

來那一聲，尾音上揚，有歡愉的節奏。

小鳳鳳雙手接過紅包袋，往腰間的暗袋藏。

那隻滿是黑斑皺紋的手並沒有馬上移開，順著她的臀邊滑下去再摸上來。

而到了周末夜晚，是夜上海清茶館熱度最高的時刻。辛辣的紅頂藝人秀，客群從平日的老兵大伯擴大至中年男女、愛看刺激的年輕群眾，甚至還有零星幾個來嘗鮮的外國遊客。

蛋寶手中拿著麥克風，他望向鏡中濃妝豔抹的自己，內心有點緊張。

睫毛夾捲翹，ｏｋ。

灰黑色煙燻妝，也ｏｋ。

還有，最重要的，讓雙唇散發無限柔媚質感的芭比色唇膏，通通都ｏｋ。

登臺之前，他穿著女裝在洗手間遇到上次那位瞇瞇眼的房仲業務。

蛋寶，你怎麼穿成這樣？

怎樣？兼差啊。廟裡工作，很難賺。

怎麼會，我家附近那個廟的主委住豪宅。

你知道我薪水多少嗎？兩萬。

喔，那會不會很累？

點香油錢、點燈、開收據，電腦 key 資料，顧服務臺值班啊。

聽起來還好……

哪有還好？師姑師叔沒空的時候，叫我解籤詩，我哪會。廟裡活動還很多，還要請神、送神、迎神，最近又弄了一個媽祖讀書室。我還要打掃拖地板。上次爬到最上面去幫忙弄光明燈，差點摔下來。

瞇瞇眼的房仲業務嗯嗯啊啊回應，隨意敷衍蛋寶。

你要是嫌太累，不然別去了。我看你扮女裝也很正。你不是有樂團在晚上駐唱嗎？不然就純唱歌啊。在茶藝館扮女的，西門町扮男的。忽男忽女，雌雄莫辨，現在最流行這種的啦。

蛋寶穿著母親小鳳鳳的旗袍，寬闊的肩膀把整件裙裝撐開來，但胸部的地方空蕩蕩，啥也沒有。他上臺前，刻意在奶罩裡面一左一右分別塞進兩粒大包子。

唱到中場休息，臺下觀眾都嗨了。眾人喊著安可安可的時候，他再默默從衣服內裡取出包子，大口大口吃著，說你們看表演有得吃有得喝，唱的人也會累捏。

讓我先吃個包子，喝水，喘口氣。

說完掀開包子皮，哎唷，還是竹筍肉包，腹肚餓，真好呷。

對於出其不意出現的兩粒包子，臺下觀眾紛紛大笑叫好。

平常給小鳳鳳、珍珠姐妹花捧場的那些大伯大叔，這時候也大方起來。

蛋寶，你吃完兩粒包子，再唱。

我給紅包。

我也給，我也給。

臺下的男聲此起彼落。

光是一個晚上，蛋寶收到的紅包錢就比搖滾樂團的收入還多。

他不像其他一些年輕偶像，有偶像包袱，這個不行，那個不要。小鳳鳳壓根兒沒特別教他什麼，他就只是按照本來的性情，想說什麼就說，想抱怨什麼就大聲放肆，自然而然的長大變成現在這個模樣。

茶行的老闆很喜歡他，還把女兒帶來看蛋寶反串秀。

蛋寶也很喜歡那個茶行老闆的女兒。

他們喜歡的音樂，愛吃的食物，甚至說話的口頭禪都很像。兩人是在紅綠燈轉換燈號的時候，確認彼此節奏的默契。

三水街茶藝館門口有一條長長的馬路，伴隨漫長的紅燈。如果錯過，便要再等上一百多秒，等待下一次的綠燈。蛋寶的母親和其他多數人一樣，每次號誌燈只剩十秒左右，便扯著頭髮提著菜用力往前衝。

蛋寶跟女孩站在三水街口，號誌燈閃爍的時候，兩人一起緩慢地停下腳步，留在原地動也不動。任憑汽車從他們面前行駛川流。

等待綠燈的時候，蛋寶隨意哼起告五人樂隊的〈愛人錯過〉。

「我肯定在幾百年前就說過愛你。」

女孩無縫接軌，順著接唱下去，「只是你忘了，我也沒記起。」

他們在一百多秒的街頭，合唱完一首歌。

兩人看向對方，確認過眼神。

蛋寶發現這個女孩和自己活在共同的「時空」裡。

但女孩臉上有一個青灰色的大胎記，總是用長長的黑髮遮蓋。這點一直讓他母親小鳳鳳感到十分在意。那時候，蛋寶的戀情初初萌芽，朋友圈裡誰都還不曉得這回事。母親忽然把樂隊的貝斯手、鼓手都約來茶藝館聊天，還偷偷約了茶行老闆的女兒。

就在店門口，先抵達的貝斯手小白也真的一如往常白目，衝進店裡跟小鳳鳳還有其他阿姨說，剛剛看到一個女孩清清秀秀的，正想搭訕。誰知道轉過來，臉上一大塊老鼠斑，嚇死寶寶。

大家全都笑成一團。

蛋寶跟女孩正從門口進來，也全聽到了。

你才老鼠斑，噁心死了。蛋寶扯著貝斯手小白的衣領，把他甩向門口。

我們這裡不歡迎你。

他媽的，我還沒說你。每次廠商發演出費，你都說自己主唱兼吉他，拿兩份。我們才三個人，你拿二分之一。你才他媽的不要臉。

蛋寶跟樂隊的兩個男生在茶藝館門口扭打起來。

小鳳鳳知道自己兒子重義氣，本來以為蛋寶跟樂隊這幫兄弟感情好，如果朋友們也不喜歡，應該就不會再跟胎記女孩往來。誰知道，這一鬧，蛋寶直接離家出走，搬到天后宮三樓的小房間去住。樓梯走上去，迴廊彎彎繞繞，根本睡在燒紙錢的金爐正上方。

那時，臺北城裡鬧起了流感疫情，母子倆也陷入無接觸、無往來交流。城市裡人人戴著口罩，不是急著奔走回家，就是匆匆搭車。

夜上海清茶館的招牌被深紅色的膠帶黏貼覆蓋，一樓鐵門深鎖。門口貼著一張印刷單。公告：本茶館暫停營業。未來開店日期不確定，舊雨新知，有緣再聚。

無錢可賺的小鳳鳳躺在床上，房內的窗戶緊閉，空氣流不進來，也出不去。隔著窗根本分不清黃昏或清晨。她不知道自己睡了多久。起身至浴室準備洗刷一些囤積過久，早已發臭的貼身衣物。

她走往浴室的時候，手腕上的黃水晶突然斷裂，一顆顆掉落滿地。

哎呀，我的水晶，我的錢哪。

小鳳鳳跪在地上大聲哀呼，著急地撿回那些黃色透明玻璃球。

走向散發霉味的布織衣櫃，小鳳鳳開始找晚上要唱歌的服裝。拿出短裙、旗袍、細肩帶連衣裙往身上擺弄。

唉，不對，現在根本沒歌可唱，那些老頭也都不來了。

當她這麼想著的時候，另一頭成都路上的天后宮正在進行最後一場的信眾團拜法會。過了這一天，搭配政府的禁令，宮廟必須暫時關閉，謝絕參拜。

蛋寶睡在迴廊隔壁的小房間，樓下的金爐正紅紅火火，轟轟烈烈燃燒。

忽然之間，轟地好幾聲巨響。

不知道哪來一少年，快速朝金爐內丟了殺蟲劑，丟完轉身就跑。

幾個站在金爐旁燒紙錢的信眾，幾乎瞬間被火光包圍。宮廟的自動播放器仍繼續響著無限次重播的錄音帶：有拜有保庇，有拜有保庇。

深夜的消防車、救護車急速穿梭在萬華街頭，吵醒了所有居民的睡眠。

劇烈的爆炸聲把蛋寶從鐵架床彈起，他以為樓下發生槍戰。打開門才發現整座廟宇陷在濃煙灰霧裡，根本看不見半個人的身影。

幾輛採訪車抵達現場，很快有記者發現樂隊主唱蛋寶穿著睡衣在現場踱步滅火。隔天網路新聞的報導不只西門町金爐爆炸，旁邊的版面還飛快寫著：「樂隊主唱轉型當廟公，阿彌陀佛來錢快，不受苦。」

他看了心裡很氣，本來想在個人臉書發文澄清，錢難賺屎難吃，媒體殺人誰不知喔。想了又想，又把訊息刪掉，把手機放回褲子口袋。

石牆碎瓦的黑暗裡，火勢撲滅後潮濕悶熱的氣味瀰漫宮廟。

蛋寶在朦朧慌亂間從牆角洗手臺的鏡子裡，看見一個瀏海長長的男孩，有著跟自己相似的臉。男孩告訴他，自己已經往前走，與青春離別。曾經有房子蓋好了，但只有我孤單一人，母親父親都走了，連身後的房門都在砰然作響。

那男孩說，該是時候走出去了吧。

蛋寶離開天后宮，走到西門町的紅樓廣場。他發現遠遠就能看到對街商場大樓外牆巨幅的歐美內褲廣告。裸身的金髮男模特忘情又性感地隔著三角內褲撫弄自己的下體。額頭流下的那滴汗還凝結在照片裡，似乎伸手向前一抹就能揩下來，還是熱烈的溫度。

晨霧瀰漫的臺北，又是全新一天的開始。

詩人的紀錄片

目前為止的人生，雖然我也曾經和許多女孩子並肩走過，不過從來沒有遇過身形如此輕薄的女孩。她從飲料店隔壁一條極窄極窄的通道，以正身行走的步態，由巷內緩緩朝大街方向前進。她還沒走進店內的時候，我就聽見男店員跟物流司機在談論她了。

很辣，我有看到啊，那個蕾絲內褲，不只一件喔。

矖在後面？嘿嘿。

那她有男朋友嗎？

有吧，不就我們茶店老闆。

哪可能？我送你們這一區域很久了，我會不知道嗎？你們老闆結婚有太太，還有一個幼稚園的小兒子啊。念那個龍華幼兒園，我都看過。

喔，那就應該不是，可能我看錯了。

司機眼看女孩正要走進店裡，趕緊恢復一邊卸貨的姿勢，把幾大罐裝滿透明糖漿的推車，往茶店裡面推。

走路速度快的女孩，身體的呼吸韻律很輕盈。她舒服地前後搖擺雙臂，一副很開心似地走在路上。保持一段距離偷看她時，走著的她就像是長了透明翅膀似的。輕快又圓滑，彷彿雨過天晴的陽光一臉幸福。

我要五杯綠茶，都去冰，去糖。

好。這邊跟你收兩百元。女孩很親切地笑著。她走入茶店，換上打工制服，很快進入工作模式。

第一次跟她兩個人並排走的時候（我們從校園旁的美食街一路走到哲學系館後門），那步伐速度快得驚人。我甚至想到，是不是覺得跟我走在一起很煩，為了早點甩掉我，而用異樣的速度走路。或者，她以為快速走路，可以避開沿途男人投射在她身上的性慾（其實我對她並不存在性慾）。

我觀察她，並不是什麼惡心思或打著鬼主意。只是，我知道她像飛一樣快速走路，或許是老早就聽到男店員與物流司機的談話吧。

再次遇見她，又是好幾個月之後的事。

我在初春的公館捷運站附近的市場散步，發現她一個人走在人潮裡。羅斯福路近來簡直變成國際機場，韓國美妝店，日本包包店，泰式雞排店，越南河粉店，印度咖哩甩餅。嗯……走到轉角，還有金爸爸馬來餐。

不過，女孩原先上班的茶店已經變成寵物美容用品店。

那幾個談論她身材與內衣褲的男店員跟物流司機隨著招牌的更換，也老早就消失不見了。

她的左手右手都放在風衣外套的口袋裡面，長長的圍巾隨著風往後飛揚。風衣下襬正被風撩起，露出內裡，只有一件輕薄貼身的連衣裙。我不知道初春這麼穿，會不會冷。畢竟每個人抗寒的能力各異，但對我來說，我穿著毛襪都還鼻頭發紅，微微打著噴嚏。

她依然快步，以驚人速度走過韓國美妝店門口的騎樓，似乎有明確目的地。我跨出五、六步，往她身邊靠近，正想要開口跟她打招呼，她已經擦身而過。

朦朧間，我看見她手機螢幕出現的畫面，一部彩色的五格漫畫。

上面寫著，「貓咪的人類飼養指南」。

我邊走邊打開手機搜尋，漫畫故事大概是講兩隻總是認為自己才是家中主人的貓咪，與一位養貓少女的搞笑日常生活。橘貓叫橘子，總覺得自己才是家裡的男主人，每天都像飼養人類一樣對待供給自己貓罐頭的女主人，另外一隻布偶貓，叫阿巴巴，除了整天阿巴阿巴叫，只會從窗戶看向遠方，靜靜發呆。

我無法在手機上持續追看這部連載漫畫，螢幕實在太小了。但故事的聲音很有趣，在貓咪跟人類兩者之間換來換去。

那個女孩已經走得老遠，我還像日本電影裡的富士山呆呆在遠方等著。巨大的笨拙的白色。我一個人在公館捷運站前徘徊，不是變態，不是那些其他充滿性慾隨時擁抱都會勃起的男生。我依然在意那個飲料店的女孩，只是因為無意間我看到她在小巷中對空氣說話。

明明小巷子裡停滿了摩托車，除了我和她以外，毫無人煙蹤跡。

她對著摩托車和摩托車之間的後照鏡說話。

附近的餐館很嘈雜，卸貨的送餐的。我沒能聽清句子完整內容。那些破碎的句子段落依稀是說，這是最後一次了，我一定要離開這個地方。

語畢，女孩臉上露出非常絕望的表情。

我揣想著好多個版本的開場白跟她互動。

例如：

其實，學校有輔導室，如果有什麼困難，可以找輔導員談談。

其實，如果你有困難，學校有一個可以申請獎學金的專區。

其實，學校裡面也有其他打工機會，那家茶店好像有點危險。

最後，我在越南河粉店買晚餐時，那個茶店女孩在裡面吃著牛肉丸子河粉。她低頭呼嚕嚕喝著湯，一臉放鬆卸下疲憊。

我一直很佩服越南的媽媽，那麼小一個檔口推車，卻可以變化出無限多種組合的美味料理。我跟櫃臺的阿姨改成內用，端著自己的河粉走到茶店女孩的餐桌對面。

我可以坐下來嗎？我說。

她收斂起放鬆的神態，一臉狐疑戒備的看著我。

我不是壞人，你不用怕。

接著，我報上自己的系所跟簡單的自我介紹。

你身上有女人的味道，女孩看著我說。

我們離開越南河粉店的時候，外面下起雨。春雨總是這樣忽然來，時間一久，身體都感覺到冷。

等我回過神來，女孩已經在我租賃的公寓。我們圍著有暖氣燈的小桌子，一起喝著熱紅酒，談話的內容多半是學校的一些傳聞。女孩快要喝醉的時候，她輕輕地說了自己的名字，叫蘋果。

往後漫長的時光，對我來說真是夢幻到不敢相信。蘋果會在浴室洗澡跟洗衣服，我躺在床上看那本永遠看不完的普魯斯特的長篇小說《追憶似水年華》。長篇小說的第一部「去斯萬家那邊」，我看了兩年都沒能看完。冗長且無可救藥的回憶事件，讓我想到童年被其他男同學包圍著，在校園牆角，垃圾回收車旁邊的記憶。

怎麼樣，拿出來看看啊。

講話這樣娘娘腔，到底是男是女。

有沒有懶趴。

快點脫他褲子。

洗好身體的蘋果會在我做惡夢的時候，把手掌貼在我的側臉。沒事了，沒事了。輕聲講好幾句安慰的話。

朦朧之間，我抬眼，能看見女孩赤裸裸兩腿合併，坐在小桌子旁擦頭髮的身姿。那盞鵝黃色的暖氣燈，把她的身體照得橘橘亮亮，連乳房都渾圓瀅亮。

粉色，又帶有一點淺褐色的乳暈，在微微暗去的狹小公寓裡，好像兩顆太陽，也像拋入海的船錨，定位著雌性的生命色彩。

我只是想要進去她的身體裡生活。這個美麗的身體如果能給我，該有多好。

房東打掃飲水機的時候沒有問女孩為何住進我的房間，或是打算住到何時。大學生嗎？幾歲？哪裡人？……一概沒問，也沒人提起。

我們每天一起喝啤酒，洗曬衣服，打掃房間，晚上去校園旁的公園散步，去小型酒吧聽樂團表演，最後再一起回家躺在床上。

如此一天天過去。蘋果就這樣住進我的生活。這段期間蘋果在我房裡一起看完渡邊淳一的《失樂園》，岩井俊二的《四月物語》。我對哲學系系館的搬遷有無限抗議，卻沒實際投過票，也沒跟著大家在校園遊行示威。

我只是在緊閉的房門內，吸氣，呼氣。

蘋果上半身裸著，下身穿著我的藍牛仔褲。一瞬間我還以為那背影是我自己。她的頭髮跟我的長度幾乎一樣。我站在鏡子前，把自己的手摸向她漂亮的乳房。

她一言不發，只是踮起腳尖，把雙臂纏繞到我的脖子後面。身體有點瑟瑟發抖地看著我，眼神就像森林裡受傷的小鹿或收容所等待救援的小貓。我想我是海上的那塊浮木了吧。

我把自己放到蘋果體內，就像回家了必須把門關上那樣自然。她躺在地毯上，眼神看向我身後很遠的地方。我整隻手都潮濕起來，搖搖晃晃，真的到了海上。

你的房間一無所有。她一邊喘氣，一邊說。

我點頭。

確實一無所有，一張雙人床。而且床也不是我買的，房東附送的，床頭還有老派的白色雕花裝飾。房東有次在路上被混混踢了一腳，我跟一群人路過，人多勢眾，把混混逼走。房東事後笑咪咪的說，哎呀，謝謝你啊。給你房間換點新家具吧。

我背著書包回房就看到本來的單人窄床不知道在何時被扔掉，換成現在蘋果身旁這張大床。也許根本不是新買的，說不定房東先生曾經在這張床上，扭動他的下半身，驢子一樣騎在房東太太身上前後搖擺。誰知道呢。

想喝熱紅酒嗎？蘋果看著天花板問。

那時，我們終於停止所有動作，躺在地板動也不動，只剩下胸與胸，心臟與心臟仍劇烈起伏。

我搖頭。

冰箱裡現在什麼也沒有了。我說。

沒有咖啡、沒有茶、酒也沒有。

蘋果忽然站起來，用手指把長髮往後捋一捋。

她仍然裸著上身，乳房上有幾滴汗水，順著乳溝順勢流下。

流理臺的抽屜被打開，蘋果拿出小鍋。她嘆一口氣，說了聲等等，便打開門走出房外。我震驚地看著她的行為。

門被打開的時候，我從對門鄰居的銀色大門看到躺在地板全裸的自己。

十分鐘後，蘋果兩手抱著一個紙箱回來。箱子裡有幾袋紅茶和綠茶、牛油餅乾、紅砂糖和簡易的湯匙叉子餐具。

她把紙箱放在地板，拿出小鍋燒水。

沒有酒了，喝茶好嗎？

嗯……

男生私底下聚在一起，抱怨年輕女孩除了有胸部以外其他部分都很無聊。在我看來，他們還是很喜歡跟年輕女孩約會，我倒覺得反而是無聊吸引男生。他們也享受這種平凡生活，又樂在其中。

比起男孩說的那些，蘋果可能沒那麼無聊。

至少，她的身體像海浪一樣起伏晃動。擁抱的時候，每次都有細碎的波浪打在我肩膀。我們兩人的頭髮交纏一起，變成很深很深的海裡的海草。

終於，季節緩慢地走到秋天。

陽臺的植栽被蘋果照料得很好，蘋果把她的女裝給我穿，還幫我塗上唇膏。我們倆站在陽臺親吻。唇靠在唇上真是柔軟。

與蘋果共度的短暫時光，如雲來了，雲走了。

她連張字條都沒留，有一天睡醒就消失在公寓，再也沒有回來。

連房東都看出我的低落，整顆心仍留在蘋果仍在家裡那陣似有若無的餘韻中。她的緊身牛仔褲、三角內褲、人字夾腳拖鞋、一起去過的校園搖滾酒吧。她坐在吧臺前，和調酒師沒完沒了地調情。

對我來說，時間就好像在哪裡被一下子切斷，連斷的時間軸都找不到。在秋日的昏暗中彷徨，偶爾穿越校園草地，一次次推開酒吧的大門，去越南河粉店門口來回逗留，回憶把我帶往蘋果存在的所有地方。我像被扯掉翅膀的鴿子，孤孤單單，軟弱無力。

有時會產生蘋果仍在生活中的幻覺，她沒穿上衣，袒露乳房，日本女孩那樣凹著腿跪坐在小桌旁。一邊哼歌、整理發票，或燒水或煮熱紅酒。

我的桌子兩側都有書架，放著買回家的詩集跟哲學讀本。左側放文學跟哲學，右側放工具書。蘋果裸著身子，在屋內自由穿梭走來走去，她有時也會翻開架上角落很艱難的哲學期刊，那些談論東西方存在主義哲學的命題。比方說海德格跟老子的思想比較，超人跟聖人的中心概念比較。

許多次，我迷迷糊糊從午睡起來，打算拿取書架上的理論書，蘋果竟然已經讀完，而且幫我做好重點筆記。我打開課本頁面，夾著A4大小的手寫筆記紙，重點句還畫著亮色的螢光筆註記。

蘋果說自己大學落榜那年，爸爸進牢蹲。輾轉在校園附近的茶店打工養活自己。人生對她來說，不是生活，而是生存。

她在我的屋內盡情閱讀，彷彿待在這裡就能享受大學生的生活。翻譯小說，科學人雜誌、攝影集，詩集。凡此種種，都被她在書底的角落貼上讀完的標籤日期。

我用陸陸續續發表在文學雜誌跟詩刊的稿費養著蘋果，每到月底銀行戶頭總是空蕩蕩剩下兩位數，再也沒有餘錢。

我沒有告訴任何朋友，在公寓裡偷偷養了一個年輕女孩。僅有幾次，跟前女友在咖啡店碰面的時候，也許她也很同情我吧。三千元或五千元不等，總在分離的時候，夾在書裡若無其事遞給我。

那時，我離開跟前女友的約會，還趕著回家給蘋果洗澡呢。溫熱的洗澡水，淋在蘋果的身上，白皙的皮膚一下變得紅潤，像一個初生的嬰孩。

我在曖昧沉默中停滯，任時間流過。一面喝蘋果調配的飲料，一面接收前女友的金錢物資援助，還有繼續我的逃避跟不負責任。一面讀普魯斯特的小說，濟慈的詩歌，讀了一遍又一遍。

終於意識到昨天的事恍若去年，去年的事又恍若昨天。時間如彈力帶，回彈我滿臉，生而又死，死而又生，分不清前後順序。嚴重的時候，竟然把前女友誤認成蘋果。

蘋果消失以後，我再也沒辦法入眠。

半夜摸黑打開牆角的冰箱，直接在冰箱前站著吃完十幾條草莓派，直到肚子痛身體發冷受不了再躺回床上。這種半夜爆食的情況持續很久，從懶惰出去買東西吃，到沒有出門的動力念頭。不是躺在床上，就是在陽臺發呆。

前女友擔心我腦子整天胡思亂想，變得更封閉，強拉著我出門聚會。願意出來的都是兩三個熟悉的老朋友，好不容易聊完天氣，我終於願意開口說話。

回到家，身體肌肉的緊繃疲憊始終沒有變好，在家一定要全副武裝，睡覺連襪子都穿好，心想這樣地震一來就能隨時逃跑。

蘋果不會再回來了，你不要再提不要再等。前女友終於忍不住，扯著我的衣領。

我從沒見過她那麼憤怒。即使在過去，我不斷出軌外遇，批評她的詩作通俗低流（在那些種種不堪的時候，她也沒發過一頓脾氣）。

蘋果究竟去了哪裡，答案無從得知。

誰都不曉得。

我只能每天站在公寓的陽臺，看著巷弄裡來來回回撐著傘，快步行走的長髮女子，或從公寓樓梯口窺看似曾相識的背影。有時覺得她路過，有時覺得沒有。又或者，根本沒有蘋果這個人。

公寓一樓的管理員收發室放著所有租屋者的掛號信件跟包裹。門上的招牌寫著管理員，裡面從來沒有人坐在那裡。市內電話鈴鈴作響，也沒人接聽。半夜三點的電話聲，像鬼來電一樣。

我有想過蘋果是不是在世界某個地方死掉了，也許是她蹲牢獄的父親因某個原因被特赦釋放，重回人間。那個傢伙，恐怕會用粗壯的手臂，單手勒住蘋果的脖子，或把她撲倒在地。我打開網頁上的所有新聞，甚至去查找監獄提供的犯罪者訊息，始終搜尋不到什麼直接的身分訊息來證明蘋果的父親出獄，或蘋果遇害的消息。如果那個叫蘋果的女孩真的死了，死掉就是死掉，她不會再回來了。

我依然沿著羅斯福路步行至公館捷運站旁的市集或商店街閒晃，無所事事來回散步，甚至期待在羅斯福路的行人地下道遇見蘋果。揣想著，她會送給我一個紅酒氣味的微笑。然後，回到小公寓脫下衣服，覺得身體裡的骨頭都不安分，彷彿要捅破皮囊衝出來似的。大概我體內入住來路不明的幽靈，想把我帶去別的世界吧。

在我感到世界寂寞得令人心痛的時候，某個奇妙的午後時光，蘋果闖入我的生活，又像煙霧一樣消失不見。對蘋果來說，會不會在我不存在的某處，又遇到了我呢？那裡可能也會有熱紅酒，熱茶，一些詩集或哲學書。

在那個時空裡，我還是我嗎？蘋果又還是蘋果嗎？

我躺在小公寓的陽臺，想著這些問題，不知道過了多久。落地窗沒關，冷風直接吹進屋內，窗簾飛得那麼高那麼猖狂。遠遠地，我聽見開門的聲音，從眼睛的餘光看去，好像是前女友。

她走了進來，把桌上喝剩的水灑在我臉上，再抓著我的白色襯衫。

你夠了沒。

什麼。

那麼多個月，現在開心了？

她用力捏著我的肩膀，我從來不知道她有這麼大的力氣。

其他的家人跟在她身後，從半開的門縫，魚一樣游進來。他們眼光銳利掃視我的房間，拿起桌上一張我與蘋果的合照。

還塗那麼粉的口紅，真可愛。

嘴巴跟蘋果一樣，紅通通。

好，卡！

大家收工，辛苦了！

攝影師按下終止按鈕。存檔。

兩個年輕的工作人員走近我身邊，把收音的麥克風線材從我的襯衫內裡取出，整齊繞圈擺回工具箱。

詩人紀錄片的殺青宴，在鼎泰豐隔壁那條巷子裡面的餐館。大家記得把周末晚餐的時間空出來。

個子很矮小的場記對著天空，用喉嚨大聲喊。

我還坐在窗邊的椅子，穿著白襯衫跟白褲子。

導演走到我身後，跟監製、攝影師對話，談論收音、去雜訊以及插曲配樂的問題。

這一切真是太奇怪了，角落的臨時工作人員問導演，需不需要讓我換下戲服？

我還穿著戲服嗎，我平時就是穿著白襯衫跟白褲子。

都三十幾年了。

前幾個月，有個長頭髮的電影導演說要拍我的紀錄片，還不一般，是戲劇紀錄片。

他們找了個年輕人來陪我聊天，想弄得像訪談節目那樣，泡一杯熱茶，套一套我的口風，看看我能不能講出幾段感性的話。

講到往事，眼光泛淚。

真是荒謬。

我不願意多說，尤其是年輕時的感情。我確實是在羅斯福路念大學，讀的也是文學相關科系。大學還沒畢業就拿了詩人獎。

這些事情面對鏡頭自己講出來，真的非常奇怪。

我拒絕讓攝影機直面自己。

即使答應被拍攝，但我想像中的紀錄片不是這種。不該是長這樣子。

我還從臺北跑到臺東住了一段時間，為了逃避這部戲。

文壇裡面一個寫小說的胖子跟著我的車，一起到臺東去泡溫泉。

我是散心，他是避難。

他整個肥大身體跳進溫泉浴池的瞬間，大量的熱水滿溢出去。

浴池變得洶湧，被沖洗的皮膚都溫潤起來。

我倆頭頂著白色毛巾，談到一些時光的故事。包括少年時光，膚色時光與衰老時光。

那胖子告訴我，他曾經偷偷去看過養老院。

時間就在不久前，一個周末上午。

那個養老院旁還弄了個幼兒園。導覽的人說，這樣不是很方便嗎？右邊的幼兒園接孩子，左邊老人院還能看爸媽，不用兩邊跑。

上一代跟下一代，兩個願望一次滿足。

講得好像是什麼健達巧克力扭蛋，吃糖果還送玩具的把戲。

胖子用溫水洗著上半身，他說你知道那個導覽員介紹的時候多得意。

我問，是不是整個老人院跟隔壁幼兒園都蓋得像房地產的預售屋接待中心？

胖子說，對，你怎麼知道？

我又問，是不是房門還有老人的照片？

胖子又驚奇地抬起頭說，對，怎麼這你也知道？

我說，為了阿茲海默症的，讓我們這些可憐老人找到回家的路。

胖子說，那要是我的話，當然就直接走到最帥的照片那間房門口，直接開門說，我回來了。

照護員會拿著你的照片說，找到你的臉啦，趕快給我滾回你的房間。

我們把頭頂的白色毛巾拿下來，沾了些肥皂，開始互相幫對方搓背。

胖子說我的背上好多黑斑，還有拔罐的痕跡。每一個拔罐都是一個宇宙黑洞啊，每一個黑洞裡面都有一個生命的緊急呼叫按鈕。

我說，老人院的浴室也有緊急呼叫按鈕，對吧？

胖子又點頭說，對對對，這你也知道？

我說，而且按鈕的位置超低，為了跌倒的時候能夠按得到。平常想按，說不定彎下去的時候，就跌倒了。

胖子拿出他的手機，說那天拍了幾張照片，他用手滑開，螢幕展示老人輪椅、老人護腰、老人餵食器。他邊滑邊說，那陣子社群廣告一直主動跳出各種老人產品，包括骨灰罈、墓園。點進去，上面很大的字寫著：您正在找好墓園嗎？臉書運算就是這麼可怕，養套殺。

身體都暖和以後，我搓搓手跟臉，準備從溫熱的浴池裡出來。

胖子的聲音仍在我身後迴盪，你看看，是不是華麗大方，像不像迪士尼樂園。

轉頭的瞬間，我發現隔壁另一座浴池，紀錄片導演竟然泡在水裡面。

他笑嘻嘻用手勢朝窗外的攝影組比了一個ｏｋ。

快遞歐巴

晚餐時間快結束前，阿信還坐在駕駛座。

等紅燈的時候，他低頭反覆按著手機右下角「已送達」按鈕。

整車的貨物全部送完，從松山區駕車回中和區，天完全黑了。

刷卡進入公司物流部的後門，還得再打開電腦進入網頁重新整理，確認所有物流運送狀況。

線上退貨五件，加收款貨物八件，內容物不相符的還有三件。

登出，登入，上樓，下樓。

您有包裹喔！我們公寓不送上去，麻煩派人下樓拿喔！

這些臺詞，講了那麼多年。老實說，偶爾連自己也會覺得煩悶。

阿信本來不是快遞員。

這都是好多年前的事了，那時候臺北城裡最高的大樓不是一〇一。信義區被都市計畫的鐵網包圍，裡面雜草叢生。

臺北車站對面的新光三越百貨站前店辦了爬樓梯登高大賽，報紙頭版就是阿信汗流浹背舉著金色獎盃的照片。

四十幾層樓，他只花了不到八分鐘。

那時候千禧年剛過，不要說每個轉角，每個巷口都有便利店。哪有聽過什麼宅配到您家。一隻黑貓印在貨車側臉，快速駛過街頭。老人家出門做早操甩著手說哎唷，黑貓有夠不吉利。

阿信簡直是物流業的老鼻祖。

閉上眼睛，臺北的地圖彷彿轉印在腦海裡，他想過如果有一天再也搬不動，跑不動了。還可以改行當計程車司機，公司裡面不少老大哥就是這樣。山不轉路轉，總有飯吃。

高中同學會的時候，朋友問起他做這一行有沒有什麼趣事。

他苦笑說，哪有什麼。當天的貨要是沒送完，沒有合理的理由，可是會被記點數，點數累積多了還會被扣錢。

他開起玩笑，司機有三寶，除了憋尿、誤餐，還找不到女朋友。

一天二十四小時，除了睡覺，幾乎一個人在車上過，有時候也挺寂寞的。

阿信落寞地拿起酒杯，默默喝下啤酒。

酒杯底的褐黃色，隨著冰塊晃啊晃的。他暗自想起一些都市傳說，比方說包裹震動老半天，原來裡面放著跳蛋或是按摩棒，收貨的女子簽收包裹的時候，整個箱子持續震動，有夠尷尬。

要不然，就是一大早八點的包裹，有些阿姨穿著睡衣出來拿包裹。叮咚叮咚，走路搖搖晃晃，半顆奶也跟著出來見客。

同學會上，大家都變了很多。有些男同學啤酒肚大了起來，有些女同學一手牽一個娃，子女成雙。宴席裡，有個女孩子安安靜靜，看上去比其他人年輕好多，不但沒有白頭髮，打扮也很秀氣斯文。

阿信用肩膀碰了隔壁的男生說，角落那個女生是誰啊？

就是那個吳月晶啊，你認不出來算正常。我們剛剛在男廁裡面，也討論了一下。沒人知道她哪位，以為來吃霸王餐的。誰知道拿出名片，不就是以前常被笑的吳月晶嗎？人家現在在外商公司，條件多好。

阿信用餘光偷偷打量著坐在角落的吳月晶，一邊回憶起高中的時光。

青春期的教室總是充滿汗臭味，導師在午後走進來說，同學們都把健康教育課本拿出來，打開第十一章。大家翻開書本以後，紛紛轉頭看向吳月晶。

吳月晶，你的月經來了嗎？

真的沒有月經嗎？

阿信心想，都已經高中了，怎麼可能沒有月經呢。班上這些男生也真是夠幼稚了。他並不想加入臭男生開玩笑的陣營，但也沒有跳出來多說什麼。只是如此刻這般，靜靜地不發一語，看著角落的女孩。

餐敘期間，許多男生喝了酒，陸續拿著個人的公司名片和吳月晶主動說話。阿信看在眼裡，心想自己向來不帶名片，況且這個節骨眼上做這樣的行為好像也沒什麼意義。

直到散會的時候，眾人在門口拍完團體合照，有些人走向公車站牌，有些人駕駛私家車離開，阿信才走過去主動跟吳月晶搭話。

幾句往來之後，阿信發覺吳月晶的父親原來是名客運司機。一下子有了話題的交集點，讓他心裡激動增添幾分信心。不等女方開話題，便自顧自地說起長途駕駛容易腰痠背痛，介紹幾款有效的痠痛藥膏和復健治療診所。

他們就像其他久別重逢的友伴，交換了通訊軟體的帳號。之後，各走各的路回家。

過了幾天，阿信繼續回到重複乏味的送貨日常。晚上八九點，他多半還坐在公司的電腦螢幕前，安排明日送貨的地圖路線。免洗筷夾住的滷蛋跌進泡麵湯碗裡，發出咚一聲，熱湯濺出的汁液灑在滑鼠四周。

靠杯喔，吃個泡麵不會好好吃，弄湯出來。比自己還年輕幾歲的物流部小主管從走道經過，用手肘用力敲阿信的後腦勺。

阿信上半身整個向前傾，湯碗直接翻在大腿。

你是活得不耐煩了是不是，阿信。掃地阿姨昨天才剛來，你自己去後面拿拖把來清，鍵盤裡面卡麵條整間辦公室都會臭。

即使大腿還沾黏著牛肉泡麵的碎肉塊跟滾燙的熱氣，阿信仍無法停止思考剛才電腦螢幕所見的衝擊。

美女帶你賺錢，帥哥帶你開法拉利。百家樂，二十一點，德州撲克，麻將，骰寶，美女撈魚，AV女優即時線上發牌，賭局隨時開。

網頁角落自動跳出來的數位廣告，竟然是吳月晶。

吳月晶穿著兔女郎的裝扮，黑色網襪，屁股上還一團兔子尾巴搖來搖去。

她不是在外商公司上班嗎？

一個看起來臺味十足的帥哥，右手扔出一黑色行李袋。吳月晶走進鏡頭內，打開袋子，拿出裡面滿滿的現金，都是千元大鈔，十張一疊，看上去至少好幾百萬元。

他主動發送訊息給吳月晶。

你還好嗎？

其實今天在奇怪的廣告網頁看到你，想說老同學需要幫助講一聲。有些打工對女生不好。有什麼事情都可以幫忙。

最後還寫上，祝好，阿信。

吳月晶跟阿信之間的關係，有點像小時候美勞課常用的漿糊一樣，白白的，黏黏的，用手去摸還有點冰冰涼涼的，等再度確認，黏在手指指紋上甩不掉。

阿信也不能真的像美勞課剪紙，一刀兩段剪碎，那實在太殘忍。阿信不曾讓吳月晶知道，當年畢業離開學校，幾次月底吃飯錢不夠，薪水又還沒入帳，自己一個人站在便利店看著香蕉跟雞腿三明治發呆，店員把促銷廣告紙貼在冷藏庫的宣傳架。晚上八點後，通通再七折。阿信確認手機時間，摸了摸飯糰，又把它們通通放回架上。拿了檯面上的茶葉蛋，轉身就走。

同學們之間只有他一個人做快遞員。除了跑步快，有耐心，阿信自認沒有其他過人之處。每天早晨六點，坐上配送貨車的駕駛座，他會在後照鏡裡看見自己髮根冒出的白髮，還有額上的皺紋。

他選擇別過臉不去看自己的模樣。

有次送貨到東區的商辦大樓，以前學生時代還曾經頗要好的小王，穿著西裝對他皺眉。

小王喊住他說，你等等啊。轉身叫業務助理趕快拿兩瓶礦泉水出來。你毛巾掛在肩膀上，整條都是濕的。趕快喝點水，天氣這麼熱。

阿信推辭說，我車上就有水，不用了。

小王搭著他的肩說，那可不行。要是累壞了，以後誰給我們大家送貨啊。這麼熱的天，不待在辦公室吹冷氣怎麼行。

阿信看著滿臉笑意的小王，心底的不滿持續翻湧。但他只是如往常冷靜地說，在右下角給我簽收吧。

回到貨車裡，他把脖子上的濕毛巾放在旁邊。又拿出另一條備用的乾毛巾，把臉跟脖子的汗水都擦乾。

他不知道該跟哪一個朋友傾訴，也許自己根本沒有朋友。

送貨辛苦，但每月底薪至少有五、六萬元，遇到電商周年慶、雙十一活動大促銷，每天跑好幾單，把冷氣開到最強，在路邊飛快吃著打包外帶的煎餃，一個月也可以到十萬元。

累，但值得。

阿信不是沒有夢想，只是有些話拿出來講給別人聽，實在太多餘。

他看著公司的第一批前輩，五十歲退休，有自己的房子，還在宜蘭買了塊農地，種點簡單的蔬菜。

用雙手雙腳去拚，用汗水和時間去換。阿信認為像自己這樣一個大學落榜的人，想要扭轉命運，這是最實際的方法了。

手機傳來震動，是吳月晶的回訊。

長髮加上白皮膚的她，在男生裡是最受歡迎的類型。照理說，這樣的美女，沒什麼男生敢追，同學會上那些自稱小主管、襄理、經理的，多半也只是虛張聲勢，沒看其他人有什麼實際行動。

只有阿信知道，其實她非常容易討好。在她嘟起嘴巴鬧脾氣的時候，只要買一瓶可樂給她，她就會快樂起來。肚子裡充滿汽水的氣體，脾氣卻消了不少。動作都會慢下來，笑咪咪地對天空發呆，變成一隻貓。

迎來長假前的夏天，阿信跟吳月晶坐在餐酒館聊天。

吳月晶喝著可樂，對著窗外傻笑。

阿信問她，什麼事情那麼開心啊。

她說自己拿到了業務獎金。不如這一頓飯就讓自己買單吧。話還沒說完，就向櫃檯的服務生招手，拿出信用卡把帳單結了。

對於讓女孩請客，阿信內心感到非常不好意思。他並不是那種貪小便宜的人。但不得不說，吳月晶如此大方地主動結帳，實在讓人由衷產生更大的好感。

自從做快遞員開始，一個人吃飯，一個人駕車，甚至一個人在臺北城裡簡單的小旅行，包括去淡水看海，去陽明山看花，都是一個人。

他根本沒有什麼和女孩約會的經驗。

其他年齡相仿的男同事，有兩個用手機交友，不是被嫌工作時間太長就是遇到愛情騙子。他的錢是自己用雙腳跑出來的，即使無人作伴孤單了點，也寧可忍耐逢年過節才偶然竄出的寂寞。

上次，我看到你出現在線上賭局的廣告欸。阿信說。

什麼線上賭局？

就是……。阿信打開手機，再打開瀏覽器，試著下關鍵詞搜索。但是，不論怎麼搜尋，線上賭局是出來了，但那些畫面都沒有吳月晶。

吳月晶很快主動轉移話題。

她說自己在外商公司上班很久了，至少懂點投資。看阿信這麼辛苦，每天流汗爬上爬下，要不要把存的錢挪用一點來做財富管理，還能提早退休。

阿信也不是傻子，他心想，這些年多少人用提早退休四個字來詐騙。不過，吳月晶是高中老同學，看上去也很清秀溫和，應該不會做出這樣的事。他皺眉沉思，仍抱持猶豫的態度，悶著嘴巴哼哼，什麼一夜暴富，多不切實際啊，一夜暴肥還比較有機會。

我們公司接到一單大客戶，他們的股票下個月就要上市了。你在第一時間大筆買入，等它漲停了再賣掉，來回價差至少二十塊。

吳月晶不知道什麼時候已經拿出白紙跟黑筆，在桌上刷刷寫起來。

怕你找不到，我把上市後的股票編號也寫在前面給你。你回家就先下載這個投資APP，然後輸入編號，很快就能找到。

等阿信回過神來，手上已經拿著那張紙。

吳月晶勾著他的手臂說，真的很久不見了。看見你這麼健康，真是太好了。你知道我爸爸也是做外勤，司機都很辛苦。你要好好照顧自己，知道嗎？

兩人離開店家的時候，她還請服務生多包了一份水果給阿信。

一個人住，青菜水果肯定吃得少吧。要好好愛惜健康，活得久一點，我們才能常常相見。

吳月晶說這段話的時候，雙眼明亮，眼波流轉。

阿信內心微微激動。

這時，她忽然向前一把抱住他，但很快又鬆開身體往後退。

要好好的。吳月晶說。

回到租屋處，阿信的心跳仍無法平撫。

他在房間來回踱步，走過來，走過去。

長髮的香味，就那麼幾秒，也不再多了。但他確實聞到一股女孩子身體發散的芬芳甜味。

阿信把房間的燈都關了，躺在單人床上。黑暗中，他伸出雙臂在空中揮舞，溫習摟抱的感覺。

天天駕著車，電臺裡面的音樂總是反覆播放情歌。他聽得都嫌煩，如今他卻突然懂了那種摸著胸口，心臟空空的、痛痛的感覺。

我可以抱你嗎愛人，讓我在你肩膀哭泣。

他對著漆黑空屋，小聲唱出來。

後來的幾次約會，吳月晶聊起過往感情，沒想到她只交過一個男友。本來成績很好，讀著國立大學，迷上世界盃足球之後，整天在賭局下注，學校的課也不去，沒多久就被二一退學。阿信問他們分手原因，吳月晶說，對方本來很關心她，還常常送吃的。誰知道，後來變成吳月晶給他送吃的，飲料沒去冰就被罵，雞腿便當買成排骨飯就被扔在地上。工作也不找，自己在外商公司從業務助理做起，每個月扣掉給媽媽的生活費，還得養著男友，供他資金去賭。

阿信聽完，對吳月晶露出心疼的表情。他不懂職業賭徒如何賺錢，這能算是一份職業嗎？吳月晶忿忿地說，不能，當然不能。他連自己都養不活了，每天就知道賭，口口聲聲喊著財富自由，被動收入。說要當臺灣的巴菲特，結果吃飯三餐全靠我。欠錢給高利貸的人打了，連看病掛號費都是我給他墊的。

她在阿信懷中流著眼淚，然後伸手一把拿起放在桌上的手機。

這個APP你下載後，會使用嗎？

不會。不然你教教我吧。

吳月晶感覺強忍著淚水，說了聲好。問了密碼，打開APP程式，又問了身分證字號，阿信幫忙輸入。最後，還有銀行的存款帳號。

他一一輸入。

你看，你下單這張編號1314，單張價值九塊，我們今天買了一百五十張。等兩個月以後，你再打開，一定會很開心的。吳月晶把手機螢幕拿到阿信面前，臉上的眼淚瞬間都消失了。

會上升多少？

這個不確定呀，但至少翻倍。

翻倍，那就是……十八塊以上？

是啊，是啊。

低買高賣，賺價差嘛。吳月晶也拿出自己的手機，點開同款APP。你看，這是我這個月的獲利。

哇，妳好厲害啊。難怪同學會上那幾個男生都不敢追妳。比男人還會賺錢。阿信對她豎起大拇指，比了個讚。

吳月晶笑得比桌上的水果酒還甜，又再度朝餐廳吧檯揮手，掏出信用卡給服務生。阿信心想，倘若這次還讓女生請客，真是太沒男人的尊嚴。他趕緊站起來，跑到吧檯邊，從皮夾裡拿出現金，讓服務生把卡還回來。

離開酒吧的時候，吳月晶看起來已頗有醉意。阿信想載她回家，卻被拒絕。她說，下次吧。

他感到有點可惜，不過心想，這樣也好。看來吳月晶不是隨便的女生。

夜不能寐，阿信掛著黑眼圈。

他一心想著對方的香氣，柔軟而纖細的肩膀。

不要說隔日派送的地圖路線，就連公司群組發的緊急通知也沒留意。

無人知曉的夜，阿信躺在床上，輾轉翻身，難以抵抗體內源源湧出的慾望。

他左手抱著自己的右肩，右手放在兩腿間，恍恍惚惚進入夢裡。

夢裡的場景看起來是一間再普通不過的辦公室，只有幾個穿汗衫的黑人，光著下體走來走去。一個戴著眼鏡，穿著ＯＬ上班族制服的女人，頭低低地在打電腦。下半身的膚色絲襪卻破了好幾個洞。看上去燥熱又羞恥。

那幾個黑人走近辦公桌，快速將女人的絲襪扯掉。然後，獻祭似的，把女人像一塊豬肉一樣高舉，抬到會議桌上。

阿信看到始終低頭的女人，這時候突然抬起臉來。是吳月晶。

她一開始還很開心笑著回應，講的都是英文，還發出吱吱笑聲。

阿信半個字都聽不懂。

後來，吳月晶跪在地上哭著，臉上的表情異常痛苦。

阿信全身盜汗從夢裡驚醒。外頭天色未亮，只有一兩隻麻雀好像從很遙遠的地方喳喳叫著。

他拿起手機，發現同學會男生群組傳來資料分享。那個在東區上班的小王傳了幾部色情短片到群組。

你們看這女的像不像我們班上的吳月晶。

有像，那個眼神，小王厲害喔。

是兄弟的，就一起上車。叫我老王司機，不用客氣。

感謝老王，讚嘆老王。

阿信看著手機螢幕，所有男生都歡聲叫好，除了自己。他終於發現吳月晶不是以前的吳月晶，這些老司機也不是以前那些男孩。

他曾經想著，自己的駕駛技術一流，等他存夠錢，換更好的車。他要載著吳月晶穿過炎熱、吵鬧、汙濁的市區空氣，一路駛向有綠地的城郊。幻想裡的那輛車子終於離開市區，轉上高速公路，直直地朝南方，一路前行。

他會點開汽車裡的音樂播放按鈕，讓情歌透過立體音響，重低音環繞在兩人身旁。也許吳月晶還會拿出三明治跟可樂，咕嚕嚕地喝著，露出高中女生的表情。

路途經過難度較高的髮夾彎或漆黑山洞的時候，阿信會安靜握著車的方向盤，讓視線固定在前方地平線。身為一個老司機，他轉動方向盤的手勢非常利索、精準且漂亮。

彎彎繞繞的山路，他把手擺放在同樣角度，繼續旋轉方向盤。

也許在音樂以外，抵達目的地以前，可以來幾句土味情話。

比方說，我覺得你這個人不適合談戀愛。

吳月晶肯定會問，為什麼？

適合結婚。

阿信都想好了。

放在副駕駛座的手機，傳來簡訊通知。

您好，您購買的股票編號1314，數量一百五十張。總金額一百三十五萬元。

您好，臺北證券緊急通知，您今日尚缺交割款一百三十五萬元，請務必於上午十時前存入交割帳戶。逾時將申報違約，除了影響您於銀行信用，並將加收7%違約金。

阿信還坐在駕駛座，公司的配送貨車裡。手機持續震動，他踩著油門一路往前衝。

小偷

吳月晶的三花在疫情期間消失了。

她在家裡四處喊，尋找三花的蹤影。

在陽臺盆栽後方，以為找到了牠，挪開沉重的花盆底座，只找到遺留的一撮貓毛。

按著胸口喘氣，努力呼吸，她感到身體裡面有什麼器官簡直快要爆炸。

這段時間，她在三花固定睡覺的地方，多墊了兩條老舊的小毛巾。她在客廳扯著喉嚨哭喊，沒日沒夜不吃喝放任身體衰弱，除了找回三花，什麼事情也做不了，也不想做。

可是，根本無法出門。

吳月晶感到呼吸急促起來，頭疼炸裂。她握著手機，螢幕顯示：吳月晶，女，三重區，隔離中。隔離日期尚有九天。

打開手機螢幕，盯著三花的照片。一張張，往右滑，再往右滑。三花的臉漸漸長得不太一樣，憔悴疲弱裡還有一種遙遠的淡然。

她想起三花結紮後的往事，社區裡鄰棟那隻常常來偷看三花的母貓，眼神都變了。母貓走到三花的面前，坐下，呆看一下午。

那眼神好奇、遲疑、震驚。有什麼氣味不見了。母貓走近兩步，繞圈子，聞味道，一臉疑惑。本來圓圓的貓眼睛時而瞇了起來，好像在問：奇怪，到底是男是女？

她的三花是公貓。

多稀有啊。

結紮後，貓與貓之間難道分不出彼此的生理性別嗎？

之前，母貓天天跑來三花面前洗臉，舔舔手，舔舔身體的，差點以為牠們兩個要好上了，沒想到結紮後忽然像是認不得，還是在參觀稀有展覽品一樣，坐了一下午也不敢靠近。喵也沒喵個聲音出來。

吳月晶蹲下身子，彷彿代替那母貓發出長長的一聲：喵——

兩隻貓抬頭，「奇怪的人類」那樣望著她。

抱著三花從社區院子走回家。沿路，她摸摸三花的臉頰肉，這傢伙真的不男不女了嗎？吳月晶懂得分辨男貓與女貓，不需要讓貓打開貓腿從身體中間辨認性器，而是看貓的臉型還有凝視物體的神情。

這是男貓，這是女貓。這是少年貓，這是少女貓。嘴角有顆銷魂痣，這是性感貓。眼神黯淡帶點狡詐，貓腿步步懶重，喔，這是老貓。還有，吃完鮪魚肉轉頭就走，冰冷如雪國來的貓，這是雪貓。

遇見三花之後的日子，吳月晶忽然有此能力。

初次見面的貓甚至旅途偶遇的貓，是男是女，是公是母，根本不用飼主告知，宛如內建一款辨貓ＡＰＰ程式，四眼相對，上下掃一掃就有答案。

被鄰棟母貓判定為不男不女的三花，一回家就跳上沙發，沒來由地擺著一張臭臉。

吳月晶在廚房倒水，想起當初贈送三花小貓的那位日本服飾店老闆娘陽子。

我們店裡打工的弟弟，在獅子林米粉店後面那條巷子撿到的。你看，是不是很可愛。一、二、三、四、五，哇一箱子有五隻小貓喔。看起來有三花，黑白，小灰，都好可愛。你喜歡貓嗎？

陽子帶著她，不走服飾店大門，玻璃展示櫥窗的人體模特兒旁隱密的一道小門。她們往裡面走進去，一直往內走，竟然通往服飾店倉庫後方的一塊空地。

你看這隻，應該是賓士貓，很像戴著蝙蝠俠的頭套，像不像夜魔俠；另外這隻又沒那麼賓士，黑色部分沒有蓋到眼睛，只有額頭，好像中分瀏海。還有另外這隻……

陽子輪流介紹每隻貓的特色跟種類，就像平常在店裡介紹新款洋裝一樣活潑又細心。

這隻有三種顏色？

對啊，三花，都是母的。

不管是衣服還是小動物，吳月晶向來更偏愛純粹單色的類型。

那天卻抱了三花回家。

直到動物醫院的獸醫師在診療間興奮到眼鏡下滑，她才知道自己簡直是頭獎幸運兒。這是公三花啊，天啊，您真的要結紮嗎？要不要回家再仔細考慮看看，真的很難得的。

她想到獸醫師的驚喜，暫時打消給三花結紮的念頭，誰知道發情期說來就來，這隻貓日夜對著角落的小叮鈴造型存錢筒噴尿。

整個客廳瀰漫著濃濃的騷味，每天下班回家忙著擦尿根本無法休息。

三花去勢的時候，她對著公貓的下體跟屁股拍照，打算傳給陽子。

這小傢伙終於摘除兩顆蛋蛋啦。

打開手機，發現陽子正在直播連線。

陽子跟縱情聲色多年的先生離了婚，把店面轉戰網路，改做日貨連線，直接在東京六本木的服飾店現場開直播，邊穿邊賣。她對著鏡頭喊，喜歡的只要在直播時候留言，加一，加二就好，隔天就從日本當地發貨，把獨家選品的皮包、鞋子、項鍊用限時包裹寄回臺灣。

吳月晶還記得服飾店收得突然，鐵捲門孔洞塞著水電帳單，還有幾個客人在門口徘徊不去，嘴巴嚷嚷抱怨衣服鞋子都付了訂金還沒取貨。以前很多熟客都說，老闆多疼愛老闆娘，太太喜歡買衣服就給她開服裝店。想要什麼，應有盡有。

女人想要的，男人真的能懂嗎？

她也聽過店內幾個熟客，把嘴巴依附在陽子的耳朵。

真的不是看錯吧？我先生說在小巨蛋旁邊的夜總會看到他。

什麼夜總會，是一〇一大樓旁邊的巴塞隆納酒店，我先生說至少一周看到他兩次喔。

吵鬧的小店裡，始終沒開口加入話題的吳月晶顯得特別安靜，拿著洋裝問其他店員修改腰圍的細節。陽子從婆媽的喳呼小圈子裡轉出來，拿著布尺幫忙量腰圍。

妳又瘦了，都沒吃飯吧。陽子說。

吳月晶看了看身旁其他女人，其他人的尺碼都往大號去，只有自己，真腰瘦，腰愈來愈小。她不是沒有想過大吃大喝，像身旁那些老母雞一樣，嘰嘰喳喳，放肆生活。她怕講出口的話，才是真的尖銳，真的夭壽。

她能說什麼？

自己就是在小巨蛋旁的高級夜總會上班。

一周三次。

每逢有人問，在哪上班啊？做些什麼工作啊？她都說在百貨商場上班，賣口紅的。她的皮包裡面也確實裝滿各色口紅。心情好時，還會拿出一支新的顏色，問對方要不要用用看？她上班的酒店，藏身在城市的百貨商場裡的某一層樓。樓上是日貨代購，樓下是整形美容診所。

那還是陽子先生最愛來的酒店之一。

陽子先生早就是老顧客，通常來店都買大框套餐，直接點名自己陪坐到凌晨三點。把時間全包了。

她來店裡買日本高級訂製洋裝，是陽子先生介紹的。

她開始投資股票操作基金，也是陽子先生教的。

甚至，她到處讓房仲帶著賞屋，從東區看到西區，全是陽子先生指點的。

儘管如此，她不曾感到自己愧對陽子。

該怎麼說呢，她每次到服飾店試穿挑貨，總是一再觀察陽子。不，是觀察陽子跟店裡打工的弟弟。

陽子口中的弟弟，分明是一個似男似女，不男不女，嗓音低沉的年輕女孩。

那個女孩，沒有打工的時間也窩在服飾店倉庫後面餵小貓，無時無刻跟老闆娘黏膩一起。有幾次，她從長長的走廊縫隙看向那一塊無人留意之地，那女孩跟老闆娘親密摟抱。一個人的手搭在對方後腰，另一人的手搭在脖子和肩膀的交接處。

不單純。如果只是好姐妹，肯定不會有這種肢體行為。

她看得太多了。

夜總會每月都必須拍攝新的畫報吸引顧客，經紀人會派發各色豔麗的小禮服給大家，換上露肩的，露腿的，露腰的服裝，在攝影師的指揮口令底下，她跟其他店裡的紅牌小姐也摟抱在一起。偶爾，還得撫摸彼此的乳房，胸貼胸，甚至下體貼下體。

照片裡所有人都是笑著的。

笑得那麼虛偽，那麼假。

每當攝影師在觀景窗背後一喊卡，身旁的女同事便馬上離開自己的身體，還會用紙巾擦拭方才親密的部位，彷彿那些部位沾染到什麼不可見的細菌。

彆扭，真的太彆扭。

吳月晶不喜歡別人隨意觸碰自己的身體，自己也不喜歡觸碰別人的。

這種不喜歡不是指酒店上班時間的逢場作戲，酒客把手放在女人的大腿或大腿內側，這種時刻她反而腦袋特別清醒，明白自己正在上班狀態。

打卡，上班，飲酒，服務。可是，只要下班的鐘點到來，她將打卡出勤表投入打卡鐘，機器嗶嗶二聲，打卡表明確以黑色字體打印出下班時間，即宣告肉體與肉體的結束。

沒有人可以在其他時間碰觸吳月晶的身體，除了三花。

她年輕時想過，自己肯定有一愛人。執子之手，百年好合，直至深眠。

但現在年過三十，又長期夜晚工作，哪談什麼深眠，這都像是癡人說夢。不去酒店的日子，好好一覺睡到天亮都是奢侈。她總在夜裡忽然醒來，胸口腋下都有汗水。夜裡，她的三花，雙腳併攏，坐在廚房洗手臺旁，注視無一物的白色牆壁。

打開臥室門，拖著沉重身體踏過客廳木板，下半身膀胱緊緊的。她必須走快點，趕快走到廁所。一陣冷冽的寒意使她清醒。她停下腳步，脖子以下到腳趾頭忽然很冰涼。三花。本來安安靜靜，忽然對著空白的牆喵喵喵叫，從心不在焉變成千言萬語。

吳月晶忘記使用加強型衛生棉，她感到自己的經血在下體融化流淌，汗水混合黏膩汗垢從背脊流下。屁股和大腿的縫隙，好像有什麼更潮濕的暈染再暈染，努力擴散紅色勢力。

三花在黑暗中凝視。

她抬起腳要往廁所移動，每走一步，三花就大聲喵喵叫，像在吆喝什麼。轉頭看向三花，又立即停止聲響。就這樣反覆幾次，她實在受不了，用最快速度走到窗邊的木桌子抱起三花，一起進廁所。

三花進入廁所後，跳上馬桶旁的浴缸邊緣。

她聲聲喚貓的名字，想給寵物一些安撫寧靜。

老實說，小時候家裡養過狗，她是害怕貓的。跟貓的親近，也並非源自於熱情。

吳月晶明白自己的肚子裡，有壞東西。

除了讓身體疼痛的經血還有無止盡盤旋不去的貪念。

她好想搶奪陽子的一切。

她聽過一個故事，那是小時候父親告訴她的，開頭就跟所有童話那麼相似，普通，平凡，從前從前，有一個小女孩……

從前從前，有一個小女孩，腳步輕巧，走在兩旁盡是綠蔭的森林小徑。沒有灰藍色的天空，只有七色彩虹的世界，等待冒險。如今她早就長大了，也確實常常走在一些綠蔭小徑，都市裡有樹，有葉，還有房，即使在曬得讓人脖子和腦袋都發疼的豔日，也被保護遮蔽。

父親講過的那些故事裡，小狗，小貓，小蛇，小獸都有神祕魔法。

她知道，她也相信。

只是故事的開頭一樣，怎麼後頭卻跟父親說的不一樣。

小女孩腳步輕巧，手腳俐落，眼神深銳。在所有人抬頭的時候，她知道也要跟著抬頭，最好可以把眼神放得更遠，舉起手指，指向遠方高處的天空，美好絕倫的景色，吸引所有人的精神同時看向另一個方向。眾人眼神抵達遠方，驚呼連連，上一秒的呼吸還沒接到下一秒的換氣。

她早把桌上那只玫瑰金色皮夾，迅速收進外套內側口袋。

父親不再給她講故事，也不再見面的某一天，她在眾人的焦急困惑咒罵聲裡，如此循環一次又一次。

成了一個人們口中的，無影手。

沖水馬桶傳來唰唰劇烈聲響把她從回憶漩渦裡甩出來。

揉揉眼睛，查看四周，什麼也沒有。熟悉的三花，高捲尾巴，滿嘴毛。啥也沒有。

安安靜靜，好冷的夜。

她不該再欺騙自己。

走回客廳，對著空白牆壁和三花的照片，她深深嘆氣。風從外面的世界吹進來，牆柱與牆柱間那一扇通往陽臺的落地窗，究竟是被誰打開的？

暗暗打開窗戶，讓貓出走的人。絕不是她。

那扇窗戶，強烈的風，沒有路徑似的灌進屋內。呼呼吶喊。

一定是陽子先生，那個沒良心，只顧著上酒店上賭桌，喜歡看女人穿緊身短裙露出臀部曲線的傢伙。

我跟貓都是受害者，吳月晶忿忿想著。

壞的是那傢伙。

他肯定在出門以前，悄悄走到角落把玻璃窗門上的兩條把手，由上轉下，讓門露出空洞縫隙。

窗是故意開著的。

陽子先生希望三花離開，如同想離開她一樣。

三花真的走了。

那天她回家，在屋內屋外瘋狂吶喊翻箱倒櫃，從洗衣機、浴缸、烘碗機，甚至連衣櫃小抽屜的夾層都翻出來查看。

她兩眼失神，遠遠望向那扇玻璃落地窗。

她站在陽臺植栽中間，撐起上半身拉長往外看，差點要赤腳往外跳。

前來社區查看的隔離指導人員抓住她的腰部，瘋了嗎？九樓那麼高。

吳月晶也覺得自己真的是瘋了，但她瘋的不是要跳樓，在懸空的窗戶鬧自殺。而是她瘋了才會跟陽子和陽子先生的生命綑綁在一起，那男人幾乎從來不餵貓，讓貓在家餓肚子。

別人會如何談論？一個失去貓而在夜裡鬼吼的瘋女人。

無數個下班後的深夜，三花拖著緩慢無聲的貓步靠近臥倒在地板的吳月晶。圓圓的，彷彿能看穿心事的眼睛，伸出柔軟的貓掌摸撫她的臉頰。

她的眼淚流下來，滴在三花的臉上。

三花一臉天真，似乎不明白到底發生什麼事，卻又像什麼都明白了而不再做無意義的打擾勸說，用臉輕輕的來回掃著吳月晶的手臂。

貓眼裡，沒有多餘風景，只是凝視。

那麼安靜。

空蕩的不只是房子，還有吳月晶的身體。

沒有三花陪伴摟抱的時間，她像是軟掉的壞掉的時鐘，偶爾疲軟趴跪在客廳地板，偶爾把無力的身體倚靠在陽臺角落，徒勞地想像時光倒流，回到與三花初初相遇的那天下午。

放置在餐桌尾端的手機忽然緊急呼叫嗶嗶——嗶嗶——連續急促的通知響鈴。

吳月晶不耐地走到餐桌旁，拉開椅子，坐下。螢幕畫面跳出，您已正式解除隔離的通知信號。

還沒來得及按掉，就跳出阿信傳來的訊息。

那個高中老同學，做快遞物流的土包子。

阿信用了好多裝可愛的表情符號和語氣詞：月晶，不要怕隔離喔，妳的那一單包裹準時幫妳送到了。（愛心符號）

吳月晶低下頭，雙手顫抖，緊緊握住手機。

她最終想起來，自己原本躲在陽臺角落，嘴巴假裝貓的聲音。

咪咪，咪咪。

想看看三花找不到自己會是什麼反應。

跟貓玩躲貓貓。

而她至終想不起來的是，墜入時間縫隙的三花，永遠躲貓貓。

再也沒回來了。

後記

男子漢的躺平世界

幾年前，有個文學交流活動，在那輛遊覽車上我坐在顧玉玲老師旁邊。車身搖晃，路途遙遠，我抱持著出遊玩樂的心態，也很放肆的用平輩朋友的態度跟老師聊天，還硬塞自己喜歡的音樂給她聽。旅途中，我講了一些自己的人生故事。其中，也包括父親的工廠生意在亞洲金融風暴時期失敗解散，生活從寬裕變得辛苦奔波。玉玲老師說，你有機會可以寫寫你父親的故事啊。

後來，這故事逐漸成型。

它就是我參加臺北文學年金的書寫計畫，《臺北男子圖鑑》。

這個計畫如今出版成書，成為《男子漢》短篇小說集。

寫作的幾個夜裡，我總感覺自己好像穿越時空，回到窘迫貧弱的青少年時期。父親用搖晃的貨車載著我和弟弟，暗路前行，一直行，一直行，可是前面什麼光亮也沒有。把我們阻擋下來的只有紅燈，以及更深更令人恐懼擔憂的黑夜。

我甚至弔詭地想起童年時期會在幼兒園被循環播放的一首歌曲，〈只要我長大〉（哥哥爸爸真偉大）。這首歌的歌詞是這樣唱的：

哥哥爸爸真偉大　名譽照我家
為國去打仗　當兵笑哈哈
走吧走吧哥哥爸爸　家事不用你牽掛
只要我長大　只要我長大

真正長大後，才發現這首歌好慘。

身為男人必須為國家拋頭顱灑熱血，女人只能在家燒水煮飯洗衣，進行一個望夫加等待的動作。

耳朵離開歌詞，回到真實世界。我的父親，我的兄弟，似乎都不像歌詞裡唱的那樣，父親生意失敗，弟弟害怕兵役。在人生的難關中，他們面對高牆不是一躍而過，而是躺平下來。

對男性來說，承認自己失意或軟弱似乎就是無路用。

人家會說你，臭卒仔或是孬種。

可是，這個寫作計畫要記錄的，偏偏就是這些人物。

歷史（History）一詞，向來以男性（His，他的），作為大時代敘事主權聲音。男性的聲音如此中心，單一，並且雄壯威武，不容質疑。大寫的英雄父權體制框架，男人必須該有力量，拒絕軟弱、陰性、哭泣、失敗，乃至將當代「喪文化」、「草食男」、「躺平主義」等視為無用邊緣甚至底層之人。

以男性為中心的結構，賦予男人比女人更多的權力及優勢，卻也讓他們站在高臺上，再也無法下來。我們很少見到男性露出挫敗悲傷的臉孔和話語，那可能是一張連他們自身都不想看的臉。

此外，《男子漢》短篇小說集較為特別的一篇應該是〈結婚秀〉。這篇小說算是記錄自己在「性別認同摸索時期」的某種心路歷程吧。怎樣的身體是比較好看的身體？我想要的是寬肩窄臀，倒三角形，而不是鏡子裡相反倒影的那個我，窄肩寬臀，正三角形。完全錯了，我好焦慮。

在那段焦慮的時間，不只身形，我還懊惱內褲這件事。印象中那是流行低腰褲的年代。我總是如此煩惱：假如在一段美好的約會或朋友聚會場合，我無意間露出了長褲的褲頭，褲腰內緣是一件女性內褲。別人會怎麼看我？我深陷於自己預先幻想出的尷尬場面，白天憂鬱，夜晚失眠，導致不時在商場或網路添購男性內褲，Calvin Klein、Tommy Hilfiger、HUGO BOSS，能買的都買了，就僅僅為了確保自己在抬起手臂的那一刻，低腰褲頭展露的不是女性化氣質的女用內褲，而是中性甚至男性化的內在。

如今回想「買內褲」這件往事，自己還會覺得有點搞笑。

我為何那麼在意內褲是否穿得正確這件事呢？怎樣的內褲是「正確的」？這個「正確」又是誰規定的呢？

現在的我不再煩惱內褲，想買什麼就買，想穿什麼就穿，對於他人的眼光以及點評，也沒以前那麼焦慮了。

近年社會大談女性議題以及女力（女性力量）的時候，不少廣告代言活動或雜誌封面故事會放上女性創業家照片，強調女子也能當家作主，女性也有無限Power。電影《神力女超人》還告訴我們，女人也能拯救世界，原來世界上不是只有超人，還有女超人。關注女性議題的創作作品一時間達到最高點。

如果，許多女性成長的散文和小說能幫助並指引我們更讀懂女人，我則期待將眼光轉移至男性人物，是否有什麼故事能讓我們也理解男性？《男子漢》裡有各色男性成長的經歷，那些他們人生路上也困惑疼痛的故事。

我相信同色調裡，也會有不同深淺顏色。

菁英、上流、成功人士、人生勝利組，這些社會大眾期待的男子，真抱歉啊，這本書裡恐怕沒有出現。

佛系又如何？躺平又怎樣？
讓我們由想像抵達想像，去看看陽剛男子背後另一張憂傷軟弱的臉。

新人間叢書 356

男子漢

作者——楊隸亞
執行主編——羅珊珊
校對——楊隸亞、羅珊珊、吳如惠
美術設計——朱疋

總編輯——龔橞甄
董事長——趙政岷
出版者——時報文化出版企業股份有限公司
108019臺北市和平西路三段二四〇號
發行專線——(〇二)二三〇六六八四二
讀者服務專線——〇八〇〇二三一七〇五 (〇二)二三〇四七一〇三
讀者服務傳真——(〇二)二三〇四六八五八
郵撥——一九三四四七二四時報文化出版公司
信箱——10899臺北華江橋郵局第九九信箱

時報悅讀網——http://www.readingtimes.com.tw
思潮線臉書——https://www.facebook.com/trendage/
法律顧問——理律法律事務所 陳長文律師、李念祖律師
印刷——勁達印刷有限公司
初版一刷——二〇二二年五月二十七日
定價——新臺幣四〇〇元
(缺頁或破損的書,請寄回更換)

時報文化出版公司成立於一九七五年,
並於一九九九年股票上櫃公開發行,於二〇〇八年脫離中時集團非屬旺中,
以「尊重智慧與創意的文化事業」為信念。

男子漢/楊隸亞著. -- 初版. -- 臺北市:時報文化出版企業股份有限公司,2022.5
304面;14.8×21公分
ISBN 978-626-335-456-2(平裝)

863.57　　111007009

ISBN 978-626-335-456-2
Printed in Taiwan